Über das Buch

Oberstudienrätin Sabine Neudahl hat als Gymnasial-lehrerin den für sie falschen Beruf gewählt – ganz im Gegensatz zu ihrem engagierten und dynamischen Kollegen und Oberstufenleiter Michael Wagner.

Und dennoch sind die Geschicke des ungleichen Paares auf vielfältige – bisweilen konfliktreiche – Weise miteinander verbunden.

In diesem Spannungsfeld werden der Lebens-raum Schule und die Charaktere der Protagonisten bis in den letzten Winkel ausgeleuchtet.

Auch wenn mich meine Erfahrungen aus knapp vierzig Jahren im Schuldienst beim Schreiben inspi-riert haben, so sind doch alle Personen, Ortsangaben und Handlungen frei erfunden.

Hans-Werner Lücker im August 2023

Über den Autor

Hans-Werner Lücker, geboren 1953, ist pensionier-ter Gymnasiallehrer mit den Fächern Mathematik, Physik und Informatik. Er widmet sich seit fünfzehn Jahren dem Schreiben.

Nachdem er sich zunächst vorwiegend mit der Lyrik beschäftigte, hat er sich in seinen letzten Büchern der erzählenden Literatur zugewandt.

Eine in Bildern festgehaltene Aufstellung seiner bisher erschienenen Werke befindet sich am Ende dieses Buches.

Hans-Werner Lücker

Tatort Lehrerzimmer

Roman

www.tredition.de

Ich freue mich über eine Rückmeldung auf meiner Facebook-Autorenseite:
www.facebook.com/hanswernerluecker

© 2023 Hans-Werner Lücker

ISBN: 978-3-347-99227-6 (Paperback)
        978-3-347-99228-3 (Hardcover)
        978-3-347-99229-0 (e-Book)

Umschlagfoto: Hans-Werner Lücker

Druck und Distribution im Auftrag:
tredition GmbH, Heinz-Beusen-Stieg 5, 22926 Ahrensburg, Germany

Inhalt

1. Ein Tag im Dezember

Jeden Morgen

„Puh, it's raining cats and dogs!", flucht Sabine Neudahl, als sie an einem frühen Dezembermorgen das Gartentor öffnet und mit kurzen, schnellen Schritten zur Haustüre eilt.

Ihr Begleiter hat allerdings noch etwas dagegen. Er schnüffelt in aller Seelenruhe an seinem Lieblingsexemplar unter den Holzpalisaden, die die gepflegten Vorgartenbeete einsäumen.

„Leo, nun komm endlich!" Die Frau im Regencape zieht mit einem kräftigen Ruck an der Hundeleine, während sie mit der freien Hand den Schlüssel ins Türschloss steckt.

Der schon betagte Boxerrüde trottet durch die Pfützen auf den im Licht der Straßenlaterne blaugrün glänzenden Bodenplatten aus Carat seiner Besitzerin hinterher.

„So ist es gut!" Frau Neudahl tätschelt den klitschnassen Kopf ihres vierbeinigen Freundes.

„Du bist ein braver Hund."

Sie erlaubt sich einen kurzen Seufzer, bevor sie in die Diele tritt. „Wenn ich dich nicht hätte!"

Jeden Morgen dreht die Lehrerin vor dem Frühstück mit ihrem Hund die für beide obligatorische Runde durch die Felder hinter dem Neubaugebiet der kleinen Westerwaldgemeinde.

Jeden Morgen geht sie dabei in Gedanken den vor ihr liegenden Unterrichtstag durch, den sie am Gymnasium der Kreisstadt zu absolvieren hat.

Und jeden Morgen beschwört sie die Vorstellung, sie hätte ihre Englischstunden schon hinter sich gebracht.

„Guten Morgen!" Die Heimkehrerin greift in der Küche die Teekanne von der Anrichte und setzt sich zu ihrem Ehemann an den Frühstückstisch.

Friedrich Neudahl blättert, ohne den Blick von der Tageszeitung in seinen Händen abzuwenden, eine Seite um und brummt ein kaum vernehmbares „Morgen".

Leo tapst in die Küche, schaut in die Runde und schafft es tatsächlich, dass die Speisenden ihr Schweigen unterbrechen.

„**Dein** Hund versaut mit seinen Dreckspfoten den gesamten Fliesenboden." Der Hausherr lässt die Zeitung auf seinen Schoß sinken. Sichtlich ungehalten blickt er über die Ränder der Lesebrille seine Frau an, während die Fingerspitzen der rechten Hand auf die Tischplatte tippen.

„Er hat eben auch Hunger!" Die Gescholtene springt trotzig auf, um den Napf vor dem Heizkörper unterm Küchenfenster mit Leos Lieblingsfutter zu füllen. Der Boxer widmet sich auch gleich mit sabberndem Maul dem leckeren Angebot.

„Ja – friss schön, mein Lieber!" Sabine setzt sich wieder an den Tisch und hüstelt mehrmals nervös, ehe sie entschlossen ihre Worte an den Mann hinter der Zeitung richtet.

„Warum musst du eigentlich immer betonen, dass Leo **mein** Hund ist?"

Der Angesprochene faltet ebenso langsam wie akkurat die Zeitung zusammen und legt sie neben sich auf einen leeren Stuhl.

„Auf eine rhetorische Frage kannst du keine Antwort von mir erwarten." Und wieder trommeln seine Fingerspitzen auf die Tischplatte.

„Außerdem muss ich jetzt los." Unvermittelt steht er auf und geht in Richtung Küchentür. „Ich habe noch eine Besprechung mit meinem Stellvertreter."

Aus den Augenwinkeln registriert er die aufkommenden roten Flecken am Hals und im Gesicht seiner Frau, die außer einem „Aber, aber ..." zu keinem weiteren Wort fähig ist.

Oberstudiendirektor Friedrich Neudahl hat keine Lust auf die leidigen Diskussionen.

Die Diskussion über den ihm lästigen Boxerhund, den seine Frau vor fünf Jahren mit in die spät geschlossene Ehe brachte.

Die Diskussion über eine Fahrgemeinschaft, wenn doch beide – zwar an verschiedenen Gymnasien – in der gleichen Stadt ihren Schuldienst leisten.

Und letztlich die Diskussion rund um das Thema „Belastung im Beruf", das seine Frau die letzte Zeit umtreibt. Wenn er mit seinen 64 Jahren noch erfolgreich eine Schule leiten kann, so sollte sie doch als 50-Jährige fähig sein, ihre schon auf die halbe Stundenzahl reduzierte Stelle am Nachbargymnasium locker zu bewältigen.

Friedrich hat sich in der Diele Mantel und Aktentasche gegriffen und steckt noch einmal seinen Kopf durch den Türspalt in die Küche.

„Ich sag dann mal tschüss, Sabine." Ganz ohne Verabschiedung will er das Haus nun doch nicht verlassen.

„Vielleicht kannst du dich wenigstens in deinen Religionsstunden etwas entspannen." Dabei bemüht er sich, einen etwas freundlicheren und fast versöhnlichen Ton anzuschlagen.

Die Frau am Frühstückstisch ringt um Fassung. „Du solltest eigentlich wissen, dass ich seit drei Jahren nur noch in Englisch eingesetzt bin."

Ihre schrille Stimme droht sich zu überschlagen. „Warum hörst du mir denn nie zu?"

Der Ehemann schüttelt verständnislos den Kopf und murmelt auf dem Weg durch die Diele vor sich hin: „Und schon wieder eine rhetorische Frage!"

Die unschuldige Haustür fällt krachend ins Schloss.

Höllenfahrt

„Du musst dich auf den Straßenverkehr konzentrieren!" Sabine Neudahl erschrickt, ihre eigene Stimme zu hören, als sie ihren weißen Golf Cabriolet über die schmale und kurvenreiche Landstraße durch das enge Flusstal in Richtung Kreisstadt lenkt.

„Jetzt führe ich schon Selbstgespräche", ermahnt sie sich und versucht, aus ihrem Gedankenkarussell zu steigen – umsonst.

Wie gerne säße sie bei diesem Regen und dazu noch Dunkelheit jetzt in der Audi-Limousine ihres Mannes, der die ihm seit Jahrzehnten vertraute Strecke im Schlaf fährt.

Als sie vor fünf Jahren nach der Sommer-Hochzeit in das feudale Wohnhaus einzog, erschien ihr die Entfernung zur Schule mit 25 Kilometer als Nebensache.

Immerhin hatte sie, die eine Ehe – womöglich sogar noch mit Familiengründung – für sich längst abgeschrieben hatte, in Friedrich Neudahl einen „Mann von Welt" gefunden.

So sahen es jedenfalls damals ihre Eltern, die – immer besorgt um das Beste für ihre Tochter – sie zu diesem Schritt drängten.

„Du Idiot! Kannst du nicht abblenden?"

Das Fernlicht eines entgegenkommenden SUVs lässt den Puls der Oberstudienrätin in die Höhe schnellen.

Sie kann den rechten Fahrbahnrand der engen Straße nicht mehr deutlich erkennen, nimmt den Fuß vom Gaspedal und tritt kurz auf die Bremse.

Im Rückspiegel registriert sie, dass der Fahrer im Wagen hinter ihr bedrohlich nah aufgefahren ist und nach mehrmaligem Betätigen der Lichthupe nun mit seinem Gefährt an der Stoßstange des Golfs klebt.

Das ist zu viel für die Frau am Steuer. Die sich anbahnende Panikattacke ist nicht mehr aufzuhalten. Der sich weiterhin bedrohlich steigernde Pulsschlag treibt ihr die Röte ins Gesicht. Mit zitternden und schweißnassen Händen hält sie sich am Lenkrad fest und versucht das Dröhnen in ihrem Kopf zu bekämpfen, indem sie fortlaufend „Gleich ist es vorbei!" laut herunterbetet.

Wie oft hat sie sich in ihrem Leben schon dieser Beschwörungsformel bedienen müssen, um angsterfüllte Momente und Situationen irgendwie überstehen zu können.

Nur so gelang es ihr beispielsweise die Schimpftiraden zu ertragen, wenn sie ein zwar für ihre Begriffe passables, aber in den Augen ihres Vaters grottenschlechtes Schulzeugnis mit nach Hause gebracht hatte.

Auch wäre sie während eines Auftritts als jugendliche, doch wenig talentierte Klavierspielerin beim Weihnachtskonzert der Musikschule am liebsten im Erdboden versunken. Auf Einladung der Mutter war dazu noch die gesamte Verwandtschaft angereist.

Selbst im Erwachsenenalter plagten sie Panikattacken weiterhin.

So erwies sich die schriftliche Abiturprüfung für Sabine als regelrechtes Martyrium, das mit einem niederschmetternden Ergebnis endete: Ihren Berufswunsch Tierärztin musste sie aufgrund des Numerus Clausus in den Wind schreiben.

Das stattdessen zügig aufgenommene Lehramtsstudium, zu dem der Vater sie auf die ihm eigene kompromisslose Art „überredet" hatte, absolvierte sie fast ohne Probleme.

Aber eben nur fast – weil Sabine in den erforderlichen Schulpraktika das Auftreten vor der Lerngruppe kaum ertragen konnte. Sie versteckte ihre Aufregung hinter einer maskenhaften Mimik und legte eine gespielte Strenge an den Tag.

Beides half ihr mehr schlecht als recht, auch die anschließende Referendarzeit zu überstehen. Und niemand wollte ihr sagen, was sie selbst im Innersten spürte. *Du bist für den Lehrerberuf eigentlich vollkommen ungeeignet.*

Schon längst ist der Wagen hinter ihrem Golf verschwunden und auch der Regen hat aufgehört, als sich Pulsschlag und Atemfrequenz der Fahrerin allmählich wieder normalisieren.

Wie hast du dich denn wieder angestellt? Sabine fällt in ein hysterisches Lachen und schaut kurz zur Beifahrerseite, als wolle sie sich vergewissern, ob nicht doch ihr Vater neben ihr sitzt. So oft hatte sie in der Kindheit sich von ihm diesen Satz anhören müssen.

An der großen ampelgesteuerten Kreuzung hinter dem Ortseingangsschild der Kreisstadt staut sich der morgendliche Berufsverkehr mal wieder besonders lang.

Sabine nutzt die Wartezeit dazu, um im Spiegel der heruntergeklappten Sonnenblende ihre frisch gefärbte dunkelblonde Kurzhaarfrisur zu richten und das Rot auf ihren Lippen zu erneuern.

Die Autoschlange bewegt sich ein Stück vorwärts, ehe die Ampel wieder einen Stopp gebietet.

Hoffentlich komme ich nicht zu spät! Ein Blick auf ihre goldene Armbanduhr – das Hochzeitsgeschenk ihrer Eltern – könnte eigentlich die immer noch nervöse Golffahrerin beruhigen.

Stattdessen stöbert sie mit fahrigen Bewegungen in der Handtasche auf dem Beifahrersitz und fischt daraus ihr Rouge.

„Mist!" Die geöffnete Puderdose ist auf ihren Schoß gefallen und hat dort sandfarbene Spuren hinterlassen.

Hektisch wischt Sabine mit dem rechten Handrücken über die Unfallstelle, was sich allerdings als schlechte Idee erweist: Sie reibt so erst recht die Farbe in den hellgrauen Stoff ihrer Hose.

Die Aktion hinterlässt zentral zwischen Bund und Schritt einen unübersehbaren braunen Fleck auf dem eleganten Beinkleid.

Die Fahrzeugkolonne rollt wieder nach vorne und auch der weiße Golf schafft es, in der Grünphase über die Kreuzung zu gelangen.

„Ich könnte ausflippen", schimpft die Frau am Steuer vor sich hin, während sie die letzten Kilometer bis zur Schule zurücklegt.

„So kann ich unmöglich vor die Klassen treten."

Auf dem Lehrerparkplatz fährt Sabine so dicht vor die Schranke, dass sie deren an einem seitlich stehenden Stahlpfosten angebrachtes Schloss durch das geöffnete Wagenfenster mit der Hand erreichen kann.

Aber wo ist jetzt der verdammte Schlüssel? In ihrer Handtasche kann sie ihn nicht finden.

Sollte ich den etwa in meinen Mantel gesteckt haben? Der aber liegt im Kofferraum.

„Guten Morgen, Frau Neudahl. Kann ich Ihnen behilflich sein?" Ohne eine Antwort abzuwarten betätigt der Mann, dessen Wagen mit laufenden Motor hinter dem Golf wartet, mit seinem Schlüssel den Öffnungsmechanismus der Schranke.

Die Gefragte stottert ein leises „Da ... da... danke", ohne verhindern zu können, dass ihre Wangen erröten. Wie so häufig, wenn ihr Michael Wagner – der Oberstufenleiter des Gymnasiums – begegnet.

Gott sei Dank ist es noch dunkel!, denkt sie sich und lenkt ihr Auto auf den schon nahezu voll besetzten Parkplatz.

Es bereitet ihr Mühe, den Wagen in eine der wenigen verbleibenden Lücken zu rangieren. Immer wieder muss sie zurücksetzen, um einen neuen Versuch starten zu können. Mal gerät sie an der rechten Seite – mal an der linken – zu dicht an die benachbarten Fahrzeuge.

Und dann würgt sie auch noch den Motor ab – just in dem Moment, als neben der Fahrertür Herr Wagner erscheint.

„Warten Sie einen Moment. Ich weise Sie ein", verkündet er durch das noch immer heruntergefahrene Seitenfenster.

Sabine Neudahl nickt stumm, obwohl ihr Blick *Ich mag das nicht!* zu sagen scheint.

Im Scheinwerferlicht ihres Wagens platziert sich der Kollege, schultert mit dem langen Tragegurt seine Schultasche und fordert die Frau am Steuer mit einer Handbewegung auf, den Motor wieder zu starten.

Die starrt gebannt auf die Daumen des Helfers, die ihr die erforderlichen Lenkbewegungen signalisieren.

„Geschafft!" Michael Wagner zwängt sich durch die schmale Lücke zum Nachbarwagen an der Fahrertür vorbei.

„Dann noch einen schönen Tag, Frau Kollegin!"

*Und wie geschafft **ich** heute Morgen bin!,* denkt sich die Angesprochene, während sie im Rückspiegel dem Mann mit der sportlichen Figur hinterherschaut.

„Hat der jetzt etwa den Kopf geschüttelt?" Der empörten Stimme folgt ein hysterisches Lachen.

„Das werde ich dich spüren lassen, mein Lieber!"

Es dauert eine Weile, bis sich Sabine über den Beifahrersitz aus ihrem Cabriolet ins Freie gerettet hat.

Im Lehrerzimmer

Es herrscht schon ein reges Treiben im Lehrerzimmer des Prinz-Maximilian-Gymnasiums. Die meisten der anwesenden Lehrkräfte halten an den jeweils mit sechs Sitzplätzen ausgestatteten Tischen ihren Morgenplausch.

Die ehemalige Aula des im 19. Jahrhundert erbauten Schulgebäudes ist beim Umbau zum Lehrerzimmer in der Bausubstanz erhalten geblieben. So wirkt der altehrwürdige Marmorboden zwar etwas kühl, aber die großen Fenster an der Südwest-Seite erhellen angenehm den Raum. Seine enorme Höhe hat man dazu genutzt, an der gegenüberliegenden Wand eine Empore zu errichten, auf der die Lehrerbibliothek und die Computerarbeitsplätze untergebracht sind.

Dort oben – über den Köpfen der anderen Lehrkräfte – sind einige Kolleginnen und Kollegen noch damit beschäftigt, Arbeitsblätter auszudrucken oder Emails zu checken, bevor der Schulgong auch sie zum Unterricht rufen wird.

An den ersten beiden Tischen vor der Eingangstür unterhalten sich lebhaft die Mitglieder der Fachschaft Mathematik.

Auch Michael Wagner hat sich zu ihnen gesellt, obwohl er hier keinen – wie für die anderen üblich – Stammsitzplatz hat. Als Oberstufenleiter verfügt er nämlich über ein eigenes Büro – samt einer seinem Verwaltungsbereich zugeordneten Sekretärin.

Seit seiner Beförderung auf die Funktionsstelle vor einem Jahr ist es ihm besonders wichtig, in persönlichem Kontakt mit den Fachkollegen zu bleiben – und dies nicht nur in dienstlichen Belangen.

Heute wird zwar zunächst über mögliche Änderungen des vom Oberstufenbüro entworfenen Kursarbeitsplans diskutiert, aber dann kommt beim Gespräch über den zu Beginn des zweiten Schulhalbjahres im Februar anstehenden Elternsprechtag unter den Anwesenden Heiterkeit auf.

„Als ich noch jung und unerfahren war", berichtet Michael Wagner der Runde, „habe ich den Schülern meines Mathe-Grundkurses aus einer Laune heraus gesagt, sie sollten ihre Mütter vor dem Sprechtag noch zum Friseur schicken."

„Das würde heute schon unter Diskriminierung von Frauen fallen", stellt Kollegin Graf fest. „Ich hätte dir damals als Mutter aber gründlich die Leviten ..."

„Warte ab!", unterbricht sie der Gescholtene. „Es geht ja noch weiter." Er streicht seine Hand mit gespreizten Fingern durch den für einen 53-Jährigen noch dichten und kaum ergrauten dunkelblonden, kurz geschnittenen Haarschopf.

„Als die Klassenelternsprecherin – eine schon etwas ältere Frau aber auch Dame in Person – mit frisch gestylter betonharter Haarsprayfrisur vor mir saß ..." Der Erzählende schaut in die Runde, als wolle er sich der Aufmerksamkeit der Kollegen vergewissern.

„Da sagt die doch tatsächlich: ‚Also, Herr Wagner, **ich** war **nicht** beim Friseur. Aber **Sie** hätten dies mal besser getan!' "

Sein Zusatz „Ich hatte damals noch ziemlich lange Haare" geht im Gelächter der Zuhörer unter. Just in

diesem Moment öffnet sich hinter ihnen die Lehrerzimmertür.

Kollegin Neudahl hat den Raum betreten und ist
sichtlich irritiert über die heitere, fast alberne
Stimmung am Tisch der Mathematiker.

*Hat der Wagner etwa über mich und mein Miss-
geschick auf dem Parkplatz gelästert?*

In stocksteifer Körperhaltung geht sie mit schnellen Schritten zur Treppe, die auf die Empore führt.

*Hoffentlich spricht mich niemand an! Hoffentlich
spricht mich niemand an! Hoffentlich ...*

Eigentlich ist ihr gedankliches Herunterbeten der
Beschwörungsformel überflüssig, denn keine der
anwesenden Personen scheint von der Frau im
dicken Wintermantel Notiz zu nehmen. Und das hat
seine Gründe.

Nach der Hochzeit mit dem Leiter ihrer bisherigen
Schule ließ sich Sabine Neudahl auf Wunsch ihres
Mannes an das Nachbargymnasium versetzen.

Und wie das so in einer Kleinstadt häufig ist,
kochte es schon in der Gerüchteküche, bevor die
Englischlehrerin von ihrem neuen Chef dem Kollegium vorgestellt wurde.

So eilte ihr der Ruf voraus, sie sei arrogant –
regelrecht unnahbar – und habe sich den um viele
Jahre älteren Oberstudienrektor nur geangelt, um
sich selbst aufzuwerten. Dabei sei sie fachlich alles
andere als eine Koryphäe.

Natürlich bekam Sabine das schon in den ersten
Tagen an der neuen Schule zu spüren. So zogen
einige Damen der Fachschaft Englisch alle Register

auf der Skala der Feindseligkeiten von demonstrativer Nichtbeachtung bis hin zur offenen Ablehnung.

Die Krönung der Geschmacklosigkeit leistete sich ein im Kollegium als Lästermaul berüchtigter Biologielehrer.

Er stand in der Küchenecke, schlürfte lautstark aus seinem rotweißen FC-Köln-Becher kohlrabenschwarzen Kaffee. Dabei musterte er die ihm noch unbekannte Frau im eleganten Hosenanzug, die neben ihm sich zögernd und unsicher nach einem sauberen Trinkgefäß umsah.

„Suchen Sie etwas?", blaffte er sie an. Ohne eine Antwort abzuwarten, fügte er mit einem grunzenden Lachen hinzu: „Sicher den Verstand, den sie verloren haben!"

Sabine schwieg und ließ sich ihre Betroffenheit nicht anmerken. Auch in anderen, weniger beleidigenden Situationen unterließ sie alles, was den Eindruck erwecken konnte, dass sie auf außerdienstliche Kontakte Wert legte.

Selbst als die amtierende Personalratsvorsitzende ihr einen Stammplatz am eigentlich schon besetzten Tisch der Fachschaft Englisch besorgen wollte, zierte sie sich so lange, bis die Kollegin die Aktion kopfschüttelnd aufgab.

Und so sitzt die Oberstudienrätin auch heute Morgen in der Leseecke vor der Lehrerbibliothek auf der Empore – weit entfernt von dem lebhaften Treiben unter ihr.

Den Mantel wird sie den ganzen Schultag über anbehalten, denn die verschmutzte Hose soll nun wirklich niemand zu Gesicht bekommen.

Mit großen Schritten springt der sportliche Oberstufenleiter die Treppenstufen zu den Computerarbeitsplätzen hoch. Studiendirektor Wagner ist auch für die EDV der Schule zuständig. Der Familienvater hat erst zur zweiten Stunde Unterricht und will vorher noch einen neuen PC ins Verwaltungsnetz einbinden.

Während Sabine noch einmal höchst akribisch ihre Unterlagen für die anstehende Englischstunde sichtet, beobachtet sie aus den Augenwinkeln ihren geschäftigen Helfer vom Parkplatz.

Wie kann man nur bei solch einem Arbeitspensum so locker und entspannt sein? Eine Mischung von Bewunderung und Neid beschleicht die Gedanken der Betrachterin.

Und dann ist er auch noch wirklich verdammt attraktiv!

Sie erwischt sich dabei, dass sich ihr Blick zu einem Anhimmeln verklären will. Schnell springt sie von ihrem Sitzplatz auf, wendet den Kopf in Richtung des Mannes am PC und holt tief Luft.

„Vielen Dank, Herr Wagner, für Ihre Hilfe eben!"

Hoffentlich werde ich jetzt nicht wieder rot! Zu spät – schon spürt sie, wie ihr das Blut in den Kopf steigt.

„Keine Ursache, Frau Neudahl!" Michael Wagner blickt kurz über seine Schulter nach hinten zur im Aufbruch befindlichen Kollegin, bevor er sich wieder seiner Arbeit am Computer widmet.

Hat sie jetzt wirklich mal gelächelt?, fragt er sich, während unter ihm ein Paar eleganter Damenschuhe auf dem Weg zur Tür mit den nagelspitzen Absätzen den Marmorboden hämmernd malträtiert.

Er hört nicht, dass die Schuhträgerin im Stakkato ihrer schnellen Schritte vor sich hin murmelt: „Wa – rum – muss – mich – die – ser – Mann – im – mer – so – ver – wir – ren?"

Die Englischstunde

„Sie kommt!" Der Schüler an der Klassenraumtür der 10b schlägt Alarm.

Sofort verstummen die eben noch unüberhörbar bis in den Flur schallenden Stimmen der versammelten Mädchen und Jungen. Sie wissen: In den nächsten 45 Minuten wird es nichts zu lachen geben. Stehend harren sie der Dinge, die da kommen werden.

Sabine Neudahl betritt den Raum, geht – nein sie schreitet – zum Lehrertisch und wartet mit versteinerter Miene darauf, dass auch Lana sich von ihrem Sitzplatz erhebt. Das Mädchen in der letzten Bankreihe scheint dazu aber nicht die geringste Lust zu haben.

„Miss Freund, hurry up!", zischt es über die Köpfe der Mitschüler hinweg. Langsam – provozierend langsam – steht die Angesprochene auf und fixiert die Lehrerin mit einem breiten Grinsen.

Nach deren Begrüßungsformel „Good morning, boys and girls!" hofft die Klasse, sich nun endlich hinsetzen zu können und erwidert leiernd im Chor: „Good morning, Misses Neudahl."

Aber die Frau vorne stört sich offensichtlich am verhaltenen Gelächter in Lanas Umgebung. Das bei seinen Mitschülern beliebte Mädchen hat dort soeben mit der Wortschöpfung „Misses Scheusal" für allgemeine Erheiterung gesorgt.

„Be quiet!" Die mahnende Stimme richtet sich mit drohendem Unterton an den Unruheherd. Erst als absolute Stille herrscht, lässt sie endlich das von den

stehenden Jugendlichen herbeigesehnte „Sit down!"
folgen.

„Warum zieht die denn ihren dicken Wintermantel
nicht aus?", flüstert Lana zu ihrem Tischnachbarn.

Der schwarzhaarige junge Mann zuckt stumm mit
den Schultern und weist mit einer Kopfbewegung auf
die sich langsam nähernde Lehrerin.

„I want to see your homework!"

Während die Zehntklässler geschäftig ihre Hefte
aus den Rucksäcken kramen, schaut Sabine Neudahl
prüfend in die Runde und erklärt: „Remember – an
application letter will be the topic of the next class
test." Gespannt wartet die Klasse darauf, wen es
heute wohl erwischt.

Das war ja klar, sagt sich Lana, als die Oberstudienrätin vor ihr haltmacht.

„Miss Freund, where is your application letter for
the position of a flight attendant?"

Das Mädchen hat die Hausaufgabe – ein Bewer-
bungsschreiben für die Stelle einer Flugbegleiterin –
nicht gemacht, ist aber um eine Ausrede nicht
verlegen.

„I didn't write the letter, because I will never
apply to be a silly stewardess. I will definitely do an
actress training." Die Klasse hält die Luft an ...

„Was bildest du dir eigentlich ein?", herrscht die
Englischlehrerin die nicht nur wegen ihrer langen
blonden Haare außergewöhnlich hübsche Schülerin
an.

„Meinst du etwa, dass du – nur weil du deine Zeit
mit der Theater-AG verschwendest – keine Hausaufgaben zu machen brauchst?"

„I think that 's just a rhetorical question!" Lana läuft zur Höchstform auf.

„And by the way, Misses Neudahl, you always tell us to speak English."

Ihr Tischnachbar staunt Bauklötze. Er hat zwar nicht viel verstanden, aber spürt, dass seine Freundin eine Galavorstellung in Sachen Selbstbewusstsein gibt.

Sabine Neudahl hat Mühe, die Fassung zu bewahren. Sie zückt ihr Notenbuch und notiert darin – deutlich an der demonstrativen Handbewegung zu erkennen – die Zahl 6 für ein Ungenügend.

„I 'll report your behavior to your class teacher."

Das blonde Mädchen zeigt sich von diesen Worten unbeeindruckt und wartet mit verschränkten Armen und lang unter dem Tisch ausgestreckten Beinen auf das, was jetzt wohl folgen wird.

Die Englischlehrerin hat sich Lanas Freund ausgeguckt.

„Ramadan, read out your application letter – please!" Dabei lässt sie dem in die Länge gezogenen „i" in „please" ein bedrohlich zischendes „s" folgen.

„**Raduan** – not Ramadan!" Der junge Mann ist ebenso irritiert wie in seinem Stolz verletzt.

„Raduan is a ..." – er macht eine Pause – „syric religious name."

„Come on and start reading!", insistiert Sabine Neudahl unwirsch, ohne ihren Fehler zu korrigieren – geschweige denn sich für ihn zu entschuldigen.

Raduan Ganem ist erst vor einem Jahr mit seiner Familie aus Syrien geflüchtet.

Er hat in den meisten Fächern – auch in Englisch – noch Probleme, dem Unterrichtsgeschehen zu folgen. Wegen der Sprachbarriere ist er der Klassenstufe zehn zugewiesen worden, obwohl er schon zwei Jahre älter als seine Mitschüler ist. So ist er ihnen aber im Fach Mathematik deutlich voraus.

Lana hat sich von Beginn an um den großgewachsenen Jungen gekümmert und ihn kurzerhand als Technik-Helfer in die Theater-AG gelotst, die sich einmal in der Woche zur Probe trifft.

Inzwischen sind die beiden ein unzertrennliches Paar.

„Raduan, Augen zu und durch!" Lanas fürsorgliche Aufforderung quittiert die ungeduldige Lehrerin mit einem vorwurfsvollen Blick, der aber dem Mädchen nur ein freches Grinsen entlockt.

„Dear Emirates", beginnt der Freund mit unsicherer Stimme. „My name is Raduan Ganem. I was born in the syric city Aleppo and I am eighteen years old."

Der Vorlesende stockt und sucht die Augen der Lehrerin.

„Continue!"

Dem jungen Mann steht der Schweiß auf der Stirn. „I want to become a flight attendant of your airline. Thanks."

Raduan schließt sein Heft und harrt mit gesenktem Kopf der Dinge, die da kommen werden.

„Das ist doch wohl nicht dein Ernst!", empört sich die Frau vor ihm. „Soll das etwa alles gewesen sein?", schreit sie den sich in ein Häufchen Elend verwandelten Schüler an.

Lana mischt sich ein – sie kann nicht anders.

„In English please. Misses Neudahl!"

Der Wirkungstreffer hat gesessen, vor allem weil dem selbstbewussten Mädchen mit der Aussprache des „please" eine treffende Parodie der verhassten Lehrerin gelungen ist.

Unter dem nicht mehr zu zügelnden Gelächter der gesamten Klasse wankt Sabine Neudahl – mehr als dass sie geht – an ihren Tisch. Eilig rafft sie ihre Sachen zusammen und rauscht, ohne die Tür wieder zu schließen, wortlos aus dem Raum.

Besuch im Oberstufenbüro

„Manuela, musst du sofort nach Hause oder kannst du mir noch ein paar Minuten helfen?"

Studiendirektor Wagner steht nach Unterrichtsende vor seinem Schreibtisch an der Fensterseite des Oberstufenbüros und hält den vor seiner Brust ausgebreiteten Kursarbeitsplan in den Händen.

„Wir müssten noch einiges abändern und dann alles neu ausdrucken."

Manuela Hof am Tisch gegenüber nickt. „Kein Problem, Michael! Meine Kids haben heute Nachmittagsunterricht. Da gibt es erst abends etwas Warmes zu futtern."

Die Sekretärin hat zwei Töchter, die auf eigenen Wunsch die Schule besuchen, an der ihre Mutter beschäftigt ist.

„Schön! Aber für uns hole ich jetzt schnell zwei belegte Brötchen." Michael Wagner greift zu seiner Jacke, eilt zur Tür und dreht sich – die Klinke schon in der Hand haltend – noch einmal um.

„Schinken oder Käse, Frau Hof?"

„Schinken **und** Käse, Herr Wagner!"

Während ihr Chef unterwegs ist, öffnet Manuela Hof an ihrem PC die Excel-Tabelle des Kursarbeitsplanes. Sie holt sich den ausgedruckten Entwurf vom Schreibtisch gegenüber, wirft einen Blick auf die rot markierten erforderlichen Änderungen und beginnt mit der Arbeit.

Es klopft an der Tür.

„Herein!" Nichts rührt sich.

Nun etwas lauter: „Herein!"

Langsam öffnet sich die Tür einen Spalt und lässt den Kopf von Sabine Neudahl erscheinen.

„Herr Wagner?"

„Mich... – ähm – der ist mal kurz außer Haus", erklärt Manuela Hof. „Aber Sie können gerne hier auf ihn warten."

Sie zeigt mit der Hand auf die Stühle, die um den in der Mitte des Raumes stehenden Besprechungstisch gruppiert sind.

„Worum geht es denn?"

Nach kurzem Zögern betritt die Frau im dicken Wintermantel die Bürobühne und steuert, ohne die Sekretärin eines Blickes zu würdigen, auf die ihr angebotene Wartezone zu. Dort lässt sie sich auf einem der Stühle nieder und verkündet in herablassendem Ton: „Das werde ich natürlich Herrn Studiendirektor Wagner persönlich sagen."

Dass Manuela Hof die Augen verdreht, als wolle sie damit sagen: *Dann eben nicht!,* entgeht der Besucherin, hat diese doch demonstrativ ihren Rücken der Sekretärin zugewandt.

Wenige Minuten später sitzen sich der Oberstufenleiter und die Englischlehrerin gegenüber.

„Sie haben doch in der 10b die Klassenleitung übernommen, solange Frau Heintz noch im Mutterschaftsurlaub ist", beginnt Sabine Neudahl ihre Ausführungen.

„Richtig!" Michael Wagner nickt. „Es hat sich ja sonst kein Fachlehrer der Klasse dazu bereit erklärt. Dabei ist die 10b wirklich eine nette Truppe."

Mit einem gewinnenden Lächeln fixiert er die Frau im Wintermantel, die heftig den Kopf schüttelt.

„Auch wenn Sie scheinbar alles so locker erledigen, kann ich Ihre Einschätzung nicht teilen. Vor allem diese Lana Fr…"

„Wollen Sie nicht Ihren Mantel ablegen?", unterbricht Wagner die Oberstudienrätin, deren Wangen in Sekundenschnelle erröten. „Nein – ich will es mir **hier** ja nicht gemütlich machen."

Dann berichtet die sichtlich verunsicherte Englischlehrerin über das in ihren Augen ungebührliche Verhalten des Mädchens in der heutigen Unterrichtsstunde. Sie regt sich dabei dermaßen auf, dass sie zu hyperventilieren droht.

„Ich werde Lana ins Gewissen reden", versucht der Oberstufenleiter die Kollegin zu beruhigen. Aber die kommt jetzt richtig in Fahrt.

„Wenn Sie schon den Klassenpapa spielen wollen, dann sollten Sie mal der ganzen Bande den Kopf waschen." Sabine Neudahl springt von ihrem Sitzplatz auf.

„Die Leistungen in Englisch sind jedenfalls unterirdisch und mindestens die Hälfte der Klasse gehört nicht aufs Gymnasium."

Das muss ich mir jetzt nicht mehr länger anhören, sagt sich Michael Wagner, dessen freundlicher Gesichtsausdruck sich schlagartig verfinstert hat. Auch er steht auf, eilt wortlos voraus zur Tür und legt seine Hand auf die Klinke.

„Nur das eine noch, Frau Neudahl – in **meinem** Fach ist die 10b Spitze!"

„Etwa auch der Flüchtling?" Der Gefragte stößt in der Manier *Jetzt-reicht-es-aber-wirklich* die Tür nach außen hin auf und entgegnet: „Raduan? Ja - der vor **allem** und **vor** allen! Guten Tag, Frau Neudahl."

Die Englischlehrerin betritt mit kurzen, schnellen Schritten den Flur und gibt plötzlich einen schrillen Schrei von sich. Fast wäre sie mit der stämmigen Figur des Hausmeisters kollidiert.

Philipp Ackermann kann sich ein breites Grinsen nicht verkneifen und ruft der Davoneilenden hinterher: „Sind Sie immer so stürmisch, Frau Neudahl?"

Deren kurzes, verschämtes Lächeln bleibt ihm, während er ihr lange hinterherschaut, allerdings verborgen.

„Hallo, Herr Wagner, Sie wollten mich sprechen?" Der Oberstufenleiter fasst sich an den Kopf.

„Ach ja, Herr Ackermann, das hätte ich fast vergessen. Einen Moment noch bitte!" Dann kümmert er sich erst einmal um seine Sekretärin.

„Manuela, das tut mir furchtbar leid. Jetzt bleibst du extra länger und wir kommen immer noch nicht zum Kursarbeitsplan."

Die junge Frau am Computer wirft ihrem Chef einen schelmischen Blick zu und schaltet den Drucker an.

„Schon fertig!"

Mit einem „Willi go!" startet sie den Druckauftrag.

„Ich lege dir die Blätter noch auf deinen Schreibtisch, bevor ich dann gehe."

„Danke, du bist einfach ein Goldstück!" Michael Wagner wendet sich wieder dem Hausmeister zu.

„Und jetzt zu Ihnen! Sie können sich schon denken, worum es geht?"

Herr Ackermann kratzt sich am Kopf.

„Na ja .."

Die Sekretärin im Hintergrund kann sich ein leises Lachen nicht verkneifen.

Ihr Chef weiß warum, denn Manuela Hof hat nach ihrem ersten dienstlichen Kontakt mit dem Hausmeister diesem den Spitznamen ‚Naja' gegeben. Und ihre Wahl wird seitdem regelmäßig von Philipp Ackermann bestätigt – vor allem dann, wenn er mit Arbeitsaufträgen konfrontiert wird.

„Also – es geht um die schriftlichen Abiturprüfungen direkt nach den Weihnachtsferien", erklärt der Studiendirektor. „Die Aula muss dazu wieder mit Tischen und Stühlen hergerichtet werden."

„Kein Thema!" Der Hausmeister gibt sich souverän. „Das erledige ich gemütlich in den Ferien."

Michael Wagner schüttelt den Kopf.

„Das wird dieses Jahr nicht reichen. Im Prüfungszeitraum stehen nämlich zwei Elternabende für die zukünftigen 5. Klassen auf dem Progra ...".

„Na ja! Das weiß ich doch", unterbricht ihn sein Gegenüber. „Die finden ja immer im großen Zeichensaal statt – oder?"

Philipp Ackermann scheint sich seiner Sache nicht mehr ganz sicher zu sein und zuckt zusammen, als er erfährt: „Das war einmal. Die neue Orientierungsstufenleiterin besteht für die Veranstaltung mit den Eltern auch auf der Aula, was ich ihr in Sachen Außenwirkung nicht verdenken kann."

Der Hausmeister ringt nach Luft, während er die Finger seiner linken Hand abzählt und dabei murmelt: „Prüfungsplätze raus, Bestuhlung rein, Bestuhlung raus, Prüfungsplätze rein, Prüfungsplätze raus ..."

Es dauert eine Weile, bis er laut verkündet: „Ich kann doch unmöglich die Aula alleine viermal aus- und einräumen!"

„Eben!", pflichtet ihm der Oberstufenleiter bei.

„Drum habe ich ja schon die 10b als Helfer rekrutiert. Mit den jungen Leuten kriegen Sie das hin."

„Na ja!" Der Hausmeister wischt sich mit dem Handrücken über die Stirn, als müsse er sie jetzt schon von Schweiß befreien.

„Ich bin dann mal weg!" Mit einem vielsagenden an ihren Chef gerichteten Augenzwinkern bahnt sich Manuela Hof – an den beiden Männern vorbei – den Weg zur Tür.

„Tschüss und nochmals danke!", ruft Michael Wagner ihr hinterher.

„Wir sind auch jetzt fertig." Er schaut auf sein Gegenüber. „Oder Herr Ackermann?"

Der offensichtlich immer noch schockierte Hausmeister quittiert die Frage mit einem nachdenklichen Nicken.

2. Schicksalswochen

Abschied

An einem Montagnachmittag sitzt Sabine Neudahl im heimischen Wohnzimmer am Schreibtisch. Sie starrt wie gebannt auf einen Stapel Hefte und rutscht dabei auf ihrem Stuhl rast- und ratlos hin und her.

Es steht mal wieder die für eine Lehrkraft obligatorische und damit unvermeidliche Korrigierarbeit an. Und die bereitet Sabine regelmäßig Probleme.

Die erste Woche nach den Weihnachtsferien hat sie mehr schlecht als recht hinter sich gebracht. Allein schon die winterlichen Straßenverhältnisse auf der Fahrt zur Schule haben ihr Nervenkostüm arg strapaziert.

Auch ist ihr die besonders fröhliche – ja fast ausgelassene – Stimmung des Kollegiums im Lehrerzimmer auf den Magen geschlagen.

Schließlich hat ihr der lautstarke Protest der 10b während der Englischklassenarbeit in Sachen Selbstbewusstsein und Berufszufriedenheit den Rest gegeben.

Dabei habe ich mir so viel Mühe gegeben, sagt sich die Oberstudienrätin, als sie das erste Heft sichtet und – in stetiger Anspannung, einen Fehler zu übersehen – den Rotstift zückt.

„Warum frisst du denn nichts, Leo?" Sabine macht sich Sorgen um ihren Hund, der schläfrig neben ihren Füßen unter dem Schreibtisch liegt und den vollen Futternapf unberührt lässt.

Ein Blick auf den an der Pinnwand neben dem Fenster befestigten Stundenplan zeigt ihr, dass sie am nächsten Tag nur zwei Stunden zu unterrichten hat.

Wenn sich die erste nach hinten verlegen ließe, könnte ich am Morgen mit Leo noch zum Tierarzt fahren.

Sabine weiß, dass der für den Vertretungsplan zuständige stellvertretende Schulleiter häufig auch nachmittags in seinem Büro weilt. Aber leider hat sie nicht die Durchwahl.

Sie steht von ihrem Schreibtischstuhl auf, geht in die Knie und streicht mit der flachen Hand behutsam – fast zärtlich – über den Rücken des Boxerrüden.

„Wir werden morgen den Hundedoktor aufsuchen, mein Lieber."

Auf dem Weg zum Telefon in der Diele öffnet Sabine die Haustür und wirft einen kurzen Blick auf die Garageneinfahrt. Friedrichs schwarzer Audi A6 ist noch nicht zu sehen.

Gut so, denkt sie sich, greift zum Telefonhörer und wählt die Nummer ihrer Schule.

Mach schon! Sabine ist ungehalten, dass nicht gleich jemand abhebt.

Hoffentlich ist das Sekretariat noch besetzt! Während sie nervös in der Diele hin und her läuft, schaut sie immer wieder auf ihre Armbanduhr.

„Prinz-Maximilian-Gymnasium, Sie sprechen mit Manuela Hof. Was kann ich für Sie tun?", meldet sich dann doch noch eine Stimme.

Aber die gefällt Sabine überhaupt nicht.

„Wieso Sie? Ich wollte doch ...“

„Mit wem spreche ich denn?“, will die Sekretärin wissen.

Die weiß genau, dass ich das bin, denkt sich Sabine und lässt ihrem Unmut freien Lauf.

„Ich habe die Nummer des Schulsekretariats gewählt und bin stattdessen bei Ihnen im Oberstufenbüro gelandet.“

Das hat einen einfachen Grund, aber Manuela Hof hat nicht die geringste Lust, ihn der nervigen Englischlehrerin zu erklären.

„Frau Neudahl? Kann ich **trotzdem** etwas für Sie tun?“ Aber die Frau am anderen Ende der Leitung hat schon aufgelegt.

Eine Minute später klingelt das Telefon im Oberstufenbüro erneut.

„Prinz-Maximilian-Gymnasium, Sie sprechen mit Manuela Hof. Was kann ich für Sie tun?“

Keine Antwort.

„Hallo?“ Die Sekretärin meint, noch ein seltsames Knurren im Hintergrund gehört zu haben, ehe die Verbindung wieder unterbrochen wird. Sie zuckt mit den Achseln.

Dann eben nicht! Ein Blick auf die Wanduhr sagt ihr, dass der für sie einmal wöchentlich anstehende Nachmittagsdienst für heute beendet ist.

Kurzerhand stellt sie noch die Telefonanlage so um, dass eingehende Anrufe statt im Oberstufenbüro wieder im Schulsekretariat ankommen. Und dann geht es zur Shoppingrunde in die Innenstadt.

Schließlich brauche ich zum Hochzeitstag noch ein Geschenk für meinen Schatz!

Im Hause Neudahl herrscht derweil Ratlosigkeit.

„Wie soll ich nur das alles schaffen?" Sabine führt wieder einmal Selbstgespräche, während sie im Wohnzimmer aufgeregt zwischen ihrer Arbeitsecke und der Terrassentür hin und her rennt.

Die misslungenen Anrufversuche, der Anblick des Stapels der zu korrigierenden Klassenarbeitshefte und die Sorge um den in ihren Augen ernsthaft erkrankten Hund haben ihre eh schon schwachen Nerven überstrapaziert.

„Diese dumme Ziege!", flucht sie laut vor sich hin. „Die meint wohl – nur weil sie den Wagner duzt, kann sie mich wie ihresgleichen behandeln."

Sie bleibt vor ihrem Schreibtisch stehen, stemmt die zu Fäusten geballten Hände in die Hüfte und baut sich vor der imaginären Rivalin auf.

„Du bist nur eine dumme Sekretärin – und ein billiges Flittchen dazu!" Wie ein trotziges Kind stampft sie mit dem rechten Fuß so fest auf den Parkettboden, dass Leo müde seinen Kopf nach ihr dreht.

„Ich aber bin Gymnasiallehrerin und die Ehefrau eines Oberstudiendirektors und Schulleiters ..."

Sabine bricht in Tränen aus und setzt sich schluchzend zu ihrem Boxer auf den Fußboden. Behutsam bettet sie seinen Kopf auf ihren Schoß.

„Es tut mir leid, mein armer Leo, dass ich hier so einen Krach veranstalte, obwohl es dir gar nicht gut geht."

Während sie mit der linken Hand vergeblich versucht, eine Packung Papiertaschentücher zu öffnen, krault sie mit der anderen den Bauch ihres vierbeinigen Freundes.

„Was ist denn hier los?"

Plötzlich steht Friedrich Neudahl – noch mit Hut und Mantel bekleidet – im Rahmen der offenen Wohnzimmertür und verleiht seiner Frage mit einem angedeuteten Kopfschütteln Nachdruck.

„Leo ist krank", entgegnet Sabine, ohne dass sie das Weinen unterbricht. „Und mir geht es auch sehr schlecht."

Der Hausherr scheint mit der Antwort überhaupt nicht zufrieden zu sein.

„Aber deshalb muss du dich doch nicht wie ein kleines Kind auf dem Fußboden herumwälzen." Sein Blick wandert über den Schreibtisch zu dem Heftstapel.

„Wolltest du an deinem freien Tag heute nicht endlich mit der Korrektur der Englischarbeit beginnen?"

Ohne die Reaktion seiner Frau abzuwarten, verlässt er den Raum in Richtung Diele, um Hut und Mantel an die Garderobe zu hängen.

Während Sabine zu Leo flüstert: „Der schert sich einen Dreck um uns!", schallt es aus dem Flur: „Was gibt es heute Mittag eigentlich zu essen?"

Die nächsten Tage herrscht zwischen den Eheleuten Neudahl Eiszeit. Sabine fühlt sich – wie so oft – von Friedrich nicht verstanden. Und der tut in ihren Augen nichts, was sie von diesem Eindruck abbringen könnte – im Gegenteil.

Als der Tierarzt Sabine eröffnet, dass Leo unheilbar an einen Mastzellentumor dritten Grades mit

Lebermetastasen erkrankt sei, bricht für die Frau eine Welt zusammen.

„Das ist bei Boxerhunden leider gar nicht so selten", erklärt der Doktor weiter, obwohl er ganz genau weiß, dass dies keinen Trost für sein Gegenüber darstellt.

„Gehen Sie erst mal mit Leo nach Hause und besprechen in Ruhe mit ihrem Mann das weitere Vorgehen.

Für Friedrich Neudahl ist die Sache klar, kaum dass seine Frau ihren Bericht vom Arztbesuch beendet hat.

„Einschläfern!"

Das Entsetzen in Sabines Augen hält ihn nicht davon ab, noch – fast genüsslich – hinzuzufügen: „Und zwar bald – kurz und schmerzlos!"

Sabine würde am liebsten auf der Stelle in Tränen ausbrechen, aber diesen Gefallen will sie Friedrich heute nicht tun.

Stattdessen schaut sie ihm tief in die Augen und verschränkt ihre Arme vor der Brust.

„Sagtest du herzlos?"

Ohne eine Antwort abzuwarten, stellt sie kühl fest: „**Das** passt nämlich zu dir!"

Das mit der diagnostizierten Krankheit über Leo verhängte Todesurteil hat Sabine derart zugesetzt, dass sie sich für längere Zeit krankmeldet.

Wenn sie sich nicht gerade ausgiebig und liebevoll um den zunehmend geschwächten Boxerrüden kümmert, versucht sie sich mit der Durchsicht der

10b-Klassenarbeit etwas abzulenken. Aber dies gelingt ihr nur sehr dürftig.

Einerseits tut sie sich seit eh und je mit dem Korrigieren schwer. Aus Furcht, einen Fehler zu übersehen oder gar selbst einen zu machen, geht sie dabei besonders gründlich – aber dadurch auch extrem langsam – zu Werke. Andrerseits erfüllt sie der Anblick ihres abgemagerten tierischen Freundes mit tiefem Schmerz.

Nach einer Woche emotionaler Anspannung ist Sabine dem Zusammenbruch nahe.

Unfähig, Leos Leiden noch länger ansehen zu müssen, lässt sie ihn – wider jeglicher Trennungsangst – durch den Tierarzt erlösen.

Unfähig, ihre Trauer dem Umfeld mitzuteilen, verfällt sie in einen Zustand sprachlosen Selbstmitleides.

Und schließlich unfähig, sich auf die Arbeit für die Schule zu konzentrieren, lässt sie die restlichen Englischhefte der 10b unberührt auf dem Schreibtisch liegen.

Wie soll das alles ohne meinen treuen Leo weitergehen?

Diese Frage stellt sich Sabine in ihren schlaflosen Nächten immer wieder – ohne die Aussicht auf eine Antwort, die ihr einen Funken Hoffnung schenken könnte.

Als Friedrich ihr dann noch unmissverständlich erklärt, dass ein neuer Hund nicht in sein Haus komme, zieht Sabine aus dem gemeinsamen Schlafzimmer.

Überhaupt beschränkt sich der Kontakt der Eheleute auf das für den Alltag notwendige absolute Minimum wie Einkaufen, Finanzen, Essen und Wäsche. Von allem muss Friedrich mehr erledigen, als er es bisher gewöhnt und es ihm recht ist.

Wieder im Dienst

„Warum steigst du nicht aus?"

Friedrich Neudahl hat seinen Audi A6 vor dem Eingangsportal des Prinz-Maximilian-Gymnasiums gestoppt und tippt bei laufendem Motor mit beiden Zeigefingern auf den oberen Rand des Lenkrades.

Statt eine Antwort zu geben, klappt Sabine die Sonnenblende nach einem letzten Blick in den auf der Rückseite befindlichen Spiegel wieder nach oben. Sie seufzt und nestelt am Kragen ihrer weißen Bluse, die aus der aufgeknöpften Nerzpelzjacke hervorschaut.

„Ich stehe im absoluten Halteverbot!"

In Friedrichs Stimme liegt ein kompromissloser Unterton, den Sabine allzu gut kennt. Aber heute hat sie keine Lust, klein beizugeben und ihrem Mann seinen Triumph zu gönnen.

„Würdest du bitte den Motor abstellen? Ich muss noch meine Stofftasche mit den Klassenarbeitsheften aus dem Kofferraum holen."

Friedrich presst die Lippen zusammen und inhaliert deutlich hörbar einen tiefen Atemzug durch die Nase. Da aber seine Frau immer noch keine Anstalten macht endlich auszusteigen, bleibt ihm nichts anderes übrig, als den Zündschlüssel nach links zu drehen.

Das Tippen seiner Finger auf dem Lenkrad gleicht eher schon einem Trommelwirbel, während Sabine nur mit Mühe die Knöpfe ihrer Pelzjacke in die dafür vorgesehenen Löcher bringt.

Sie spürt innerlich eine Anspannung und Angst – beides beklemmende Gefühle, die sie schon in ihrer eigenen Schulzeit tagtäglich begleiteten.

Aber sie lässt sich Friedrich gegenüber nichts anmerken, steigt wortlos aus und tritt an den Kofferraum, dessen Klappe Friedrich von innen schon per Knopfdruck geöffnet hat.

Sabine greift sich den Stoffbeutel mit den Heften, tritt auf den vom Schnee geräumten Bürgersteig und steuert mit schnellen Schritten auf die Treppe des Schuleingangs zu. Doch plötzlich bleibt sie stehen.

Denen möchte ich aber jetzt wirklich nicht begegnen!

Lana Freund und Raduan Ganem sitzen trotz der Kälte auf der obersten Treppenstufe und tauschen – aneinander geschmiegt – verliebte Blicke aus.

Gleich knutschen die auch noch. Das kann und will ich mir nicht ansehen.

Angewidert wendet sich Sabine in Richtung Straße und entdeckt, dass der schwarze Audi ihres Mannes immer noch dort steht.

Ihre spontane Befürchtung, dass Friedrich ihr vielleicht nachspioniert, könnte sich in Luft auflösen, denn schon braust der Wagen davon. Aber Sabine hat da ihre Zweifel.

Sicher hat er mich die ganze Zeit beobachtet.

„Hallo, Frau Neudahl." Die Stimme hinter ihrem Rücken reißt Sabine aus ihren Gedanken. Erschrocken dreht sie sich um.

„Ich bin 's nur!", entschuldigt sich Philipp Ackermann mit einem breiten Grinsen auf seinen aus einem Vollbart hervorspringenden Lippen.

Der Hausmeister weist mit einer Schaufel in seiner rechten Hand auf den Eimer, den die linke hält.

„Ich muss noch das letzte Stück bis zur Treppe mit Streusalz versorgen, damit auch Sie sicher ins Gebäude kommen."

Überrascht, aber irgendwie auch angenehm berührt von der persönlichen Ansprache weiß Sabine nicht, was sie sagen soll.

„Ich ... ich", stottert sie und spürt wie dabei das Blut in ihren Kopf steigt.

Jetzt nur nicht rot werden!

„Ja?" Philipp Ackermann, der weder Winterjacke noch Handschuhe trägt, legt Schaufel und Eimer neben sich auf den Bürgersteig. Dann reibt er sich die nackten Hände und schaut sein Gegenüber erwartungsvoll an.

„Frieren Sie denn nicht?" Eine bessere Bemerkung will Sabine nicht einfallen.

„Na ja – es geht so", erwidert der Hausmeister mit wichtiger Miene.

„Als gelernter Dachdecker bin ich schließlich das Arbeiten bei Wind und Wetter gewohnt und ..."

Er beugt sich nach vorne, als wolle er der Frau im Nerz etwas ins Ohr flüstern und fährt augenzwinkernd mit gesenkter Stimme fort: „... und im Notfall mache ich mir warme Gedanken."

Jetzt ist Sabine erst recht sprachlos. Kalauer dieser Art würde sie sich normalerweise verbitten und den Urheber dies entsprechend spüren lassen. Aber nun kriegt sie kein Wort über die Lippen.

Philipp Ackermann deutet das Schweigen als Aufforderung, selbst die Unterhaltung fortzusetzen.

„Jedenfalls freut es mich, Sie nach zwei Wochen – oder sind es sogar schon drei – wieder gesund und munter in unserer Schule zu sehen."

So galant habe ich ihn aber noch nie reden gehört, denkt sich Sabine und registriert erleichtert das Ertönen des Schulgongs.

„Nun muss ich mich aber beeilen, Herr Ackermann." Sagt es und lässt den Hausmeister stehen, der ihr „Schönen Tag noch!" hinterherruft.

Hoffentlich spricht mich jetzt niemand mehr an!

Dass auch das junge Liebespaar aus der 10b nicht mehr die Treppe bevölkert, macht es für Sabine einfacher, das Schulgebäude zu betreten.

Kaum ist sie in das Foyer getreten, an dessen rechter Seitenwand sich eine Schülergruppe vor dem Vertretungsplan drängt, erscheint Studiendirektor Wagner auf der Bildfläche.

Der Oberstufenleiter scheint in Eile zu sein.

„Macht mal bitte Platz! Es kommt ein neuer Plan."

Gehorsam treten die Mädchen und Jungen zur Seite.

Kümmert der sich jetzt auch noch um den Vertretungsplan? Sabine bleibt erstaunt stehen und schaut aus der Distanz zu, wie der Kollege mit einem Schlüssel den Schaukasten öffnet, die ausgehängten Blätter gegen zwei neue austauscht und die gläserne Tür wieder abschließt.

Hoffentlich habe ich am ersten Tag nicht gleich eine Vertretungsstunde zu halten, denkt sie sich und tritt näher.

„Hallo Frau Neudahl – schön, Sie gesund wiederzusehen!" Michael Wagner streckt seine Hand zur Begrüßung aus, doch die Angesprochene muss passen – trägt sie doch rechts ihre Schultasche und links den Stoffbeutel mit den Klassenarbeitsheften.

Außerdem droht ihre umgehängte Handtasche, jeden Moment von der Schulter zu rutschen. Zu spät – schon fällt das gute Stück aus dem Hause Gucci direkt vor die Füße des Studiendirektors.

Sabine errötet. Am liebsten würde sie im Flurboden versinken, als der gutaussehende und sportliche Mann noch einen Schritt nach vorne tritt und sich nach der Handtasche bückt.

„Sie haben aber auch sehr viel zu tragen!" Michael Wagner wirft ein Auge auf den Stoffbeutel.

„Geben Sie mir ruhig den Stapel Hefte – ich muss sowieso noch ins Lehrerzimmer."

Ehe sich die Angesprochene versieht, hat er auch schon nach dem Beutel gegriffen, den sie – mehr übertölpelt als gewollt – ihre Hand freigeben lässt.

Noch immer sprachlos, aber auch irgendwie angenehm von seiner Hilfsbereitschaft berührt stöckelt Sabine neben dem attraktiven Kollegen über den Flur in Richtung Lehrerzimmer. Sie hat Mühe mit ihm Schritt zu halten, was ihr aber erlaubt ihn aus den Augenwinkeln zu beobachten, ohne seinem Blick begegnen zu müssen.

Wie locker der Mann mit dem morgendlichen Stress umgeht. Dabei hat er mit der Oberstufe doch wahrlich schon genug zu tun.

„Eigentlich habe ich mit der Oberstufe genug zu tun", wendet sich Michael Wagner an seine Begleiterin. Sabine erschrickt, als hätte er ihre Gedanken erraten.

„Aber was soll man machen, wenn die Krankheitswelle im Kollegium auch vor dem für den

Vertretungsplan Verantwortlichen nicht haltmacht", erklärt er und fügt, als sie an der Lehrerzimmertür angelangt sind, lächelnd hinzu: „Umso besser ist es, dass Sie wieder im Dienst sind, Frau Neudahl!"

Ach sieh da – nur deshalb bist du so freundlich zu mir, denkt sich Sabine, während ihre Gesichtszüge förmlich versteinern.

„Wie meinen Sie das mit dem ‚umso besser', Herr Studiendirektor Wagner?"

„Schauen Sie, liebe Kollegin, die 10b fragt mich jeden Tag, ob Sie bald wieder in die Schule kommen." Der Gefragte hält seinem Gegenüber den Stoffbeutel mit den Heften entgegen.

„Ich kann verstehen, dass die jungen Leute auf das Ergebnis der Klassenarbeit gespannt sind."

Aha! Bin ich in deinen Augen denn wirklich nicht mehr als nur eine Korrekturmaschine? Sabine greift sich wortlos den Beutel, dreht sich auf dem Absatz um und öffnet die Tür zum Lehrerzimmer.

Wie in Trance bahnt sie sich den Weg durch die Tischgruppen der verschiedenen Fachschaften. Sie registriert nicht, dass Michael Wagner ihr mit einem Kopfschütteln hinterherschaut. Doch die wohl kaum nett gemeinten Satzfetzen von einigen Kolleginnen und Kollegen kann sie nicht überhören, selbst wenn sie es wollte.

„ ... die gnädige Schulleitergattin lässt sich auch noch mal blicken ...",

„ ... sie hat wohl zu Hause nichts mehr zu korrigieren ...",

„ ... die hat doch eben vor der Schule tatsächlich mit dem Ackermann geflirtet ..."

Sabines Puls hämmert dröhnend in den Schläfen. Aber sie will sich nichts anmerken lassen, fixiert mit starrem Blick den Treppenaufgang zur Empore und steuert geradewegs darauf zu.

Am liebsten würde ich losheulen. Aber diesen Erfolg gönne ich euch nicht – auch dir nicht, mein lieber Herr Wagner.

Auf dünnem Eis

Es ertönt der Schulgong zur sechsten Stunde.

Und jetzt noch in die 10b.

Sabine Neudahl stöhnt – nicht nur weil der Unterrichtstag sie bis jetzt schon arg geschlaucht hat, sondern weil nun die Rückgabe der Klassenarbeit ansteht. Jene Arbeit, deren Korrektur sie während Leos Leidenswochen nur durch Krankmeldung schaffen konnte.

Dass dies kein Einzelfall gewesen ist, will sich Sabine aber nicht eingestehen. Für sie liegt der Grund in den – wie sie es ausdrückt – grottenschlechten Leistungen der 10b. Entsprechend gestaltet sich jetzt in der letzten Stunde ihr Auftritt vor der Klasse.

„Eure Ergebnisse sind wirklich eine Frechheit", beginnt sie – vor der Tafel stehend – die Besprechung. Mit angewiderter Miene lässt sie ihren Blick über die Köpfe der Jugendlichen schweifen.

„Und dabei habe ich mir solch eine Mühe gegeben!" Sie nestelt nervös an dem Kragen ihrer Bluse, während ein Murren und Murmeln den Klassenraum erfüllt.

„Dann heul doch!", tönt es aus der letzten Bankreihe.

„Wer war das?" Die Stimme der Frau vor der Tafel überschlägt sich.

Lana Freund erhebt sich von ihrem Platz.

„Ich, Frau Neudahl und ich kann Ihnen erklären warum?"

Wie ein trotziges Kind stampft die Englischlehrerin mit den Füßen auf den Boden.

„Damned! I don't want to hear a single word out of your mouth."

Doch das Mädchen lässt sich nicht beirren und fährt mit fester Stimme fort: „Wir haben alle unser Bestes gegeben, warten seit Wochen geduldig darauf, dass sie endlich mit der Korrektur fertig sind und müssen uns nun ihre Beschimpfungen anhören. Wie wäre es denn, wenn sie uns jetzt die Hefte geben und mit einer sachlichen Besprechung beginnen würden?"

Unter den durch ein zunächst zaghaftes, dann aber forsches Klopfen auf die Tischplatten geäußerten Beifallsbekundungen ihrer Mitschüler setzt sich Lana wieder auf ihren Platz. Mit einer Mischung aus Stolz und Wagemut suchen ihre Augen die ihrer Lehrerin.

Die scheint geschockt und ratlos zugleich zu sein. Einerseits will sie ja selbst die Klassenarbeit möglichst schnell zurückgeben, andrerseits möchte sie aber auch den in ihren Augen unverschämten Auftritt des Mädchens nicht unkommentiert lassen. Und ihre Unsicherheit sollen die Jugendlichen erst recht nicht bemerken.

So wählt sie den pädagogisch wohl fragwürdigsten Weg. Sie nimmt den Heftstapel aus dem Stoffbeutel, legt ihn auf das Lehrerpult und blättert ihn mit hastigen Bewegungen durch. Offensichtlich sucht sie ein ganz bestimmtes Heft.

Da ist es ja!

„Fangen wir mal gleich mit dir an, Lana Freund." Triumphierend hält sie ein Heft im roten Kunststoffumschlag in die Höhe.

„Mangelhaft!"

Mit einem Schlag herrscht eine angespannte Stille im Raum. Jedem Zehntklässler steht die Frage auf der Stirn geschrieben, wie die Mitschülerin wohl reagieren wird.

Doch das Mädchen in der letzten Reihe bleibt unbeeindruckt und schweigend auf seinem Platz sitzen.

„Wie lange soll ich hier denn noch warten, damit sich unsere Spitzenschauspielerin herablässt, ihre grottenschlechte Arbeit abzuholen?" Die Englischlehrerin wedelt mit dem Heft in der immer noch erhobenen Hand.

Aber Lana macht keine Anstalten, sich von ihrem Stuhl zu erheben. Mit einem Grinsen notiert sie etwas auf einem Zettel und schiebt diesen zu ihrem Tischnachbarn und Freund rüber.

Unsere unfähige Pädagogin kann warten, bis sie zur Salzsäule erstarrt. Raduan zuckt mit den Achseln und wirft Lana einen fragenden Blick zu. Mit dem Begriff „Salzsäule" kann er nichts anfangen. Schnell lässt er den Zettel in seiner Hosentasche verschwinden, denn schon naht die Oberstudienrätin und knallt Lanas Heft auf den Tisch.

„Und du, Ramad ... – äh – Raduan Ganem", sie fischt ein Heft aus dem Stapel auf ihrem Unterarm, „kannst immer noch absolut **nichts!**"

Regelrecht angewidert hält sie das Heft zwischen den Fingerspitzen und legt es vor dem jungen Mann ab.

„Ungenügend!"

Dann tritt sie wieder vor ihr Pult und hält das oberste Heft des Stapels in die Höhe.

„Anna Schulte, **gerade** noch ausreichend!"

Die Klasse starrt gebannt zur ersten Tischreihe, wo sich die Mitschülerin schon von ihrem Stuhl erhoben hat und im Begriff ist, zum Lehrerpult zu gehen. Ihre unter einem dunkelblonden Pony versteckten Augen blicken ängstlich in die Runde, dann zur Lehrerin und wieder zur Klasse. Schließlich entscheidet Anna, sich wieder hinzusetzen.

Sabine Neudahl bleibt nichts anderes übrig, als das Klassenarbeitsheft dem Mädchen an seinen Platz zu bringen. Dieses Szenario wiederholt sich bei den restlichen 25 Schülerinnen und Schülern in ähnlicher Weise, so dass für eine Besprechung kaum noch Zeit bleibt.

Außerdem meldet sich Lana Freund noch mal zu Wort.

„In meiner Funktion als Klassensprecherin weise ich Sie darauf hin, dass, wenn von 28 Arbeiten 10 unter der Note ausreichend liegen, Paragraph 53 Absatz 5 der rheinland-pfälzischen Schulordnung anzuwenden ist."

Mit einem anerkennenden Raunen bescheinigt die Klasse ihrer Sprecherin neben einem selbstbewussten Auftreten vor allem Mut.

„In meiner Funktion als verantwortliche Englischlehrerin", entgegnet Frau Neudahl spöttisch, „weise ich dich darauf hin, dass du völlig falsch liegst. Dein Tischnachbar ist immer noch Gastschüler auf Probe in dieser Klasse. Seine Arbeit zählt nicht. Damit ist mit 9 von 28 Schülern das von dir wohl gemeinte Drittel nicht gegeb ..."

„Doppelt falsch!", unterbricht Lana. „Erstens dürfen Sie dann die 9 schlechten Arbeiten mit nur **27** insgesamt geschriebenen ins Verhältnis setzen, was genau ein Drittel ergibt."

Die Englischlehrerin stützt sich auf ihr Pult und ringt mit weit aufgerissenen Augen durch den offenen Mund nach Luft.

„Und zweitens", fährt Lana unbeirrt fort, „sieht die Schulordnung vor, dass nur **die** schlechten Noten bei der Berechnung unberücksichtigt bleiben, die wegen Täuschung oder Leistungsverweigerung erteilt wurden. Beides trifft bei Raduan nicht zu."

Der Stundengong ertönt.

„Was willst du, was wollt ihr eigentlich?" Die Stimme der Lehrerin überschlägt sich.

„Ich kann doch unmöglich diese Arbeit noch einmal mit euch schreiben." Vehement schüttelt sie ihren hochroten Kopf.

„Nein, nein und nochmal nein! In der kommenden Woche steht doch schon die nächste Klassenarbeit an."

Während sie hastig den Eintrag ins Klassenbuch erledigt, um möglichst schnell den Ort des Geschehens verlassen zu können, hat sich Lana mit ihrem Exemplar der Schulordnung nach vorne zum Lehrerpult begeben.

„Frau Neudahl, Sie bewegen sich auf dünnem Eis, auf sehr dünnem Eis!" Das Mädchen weist mit dem Zeigefinger auf eine Stelle in der aufgeschlagenen Broschüre.

„Lesen Sie sich das mal in Ruhe durch. Sie dürfen nächste Woche nicht ..."

„Einen Teufel werde ich!", fällt ihr die Lehrerin ins Wort, springt von ihrem Stuhl auf und rauscht, ohne sich noch einmal umzudrehen, aus dem Klassenraum.

Wo bleibt er denn? Seit einer Viertelstunde wartet Oberstudienrätin Sabine Neudahl vor dem Schulportal auf ihren Mann Friedrich. Dabei hat sie mit ihm einen extra späten Zeitpunkt nach Unterrichtsende vereinbart.

Einerseits damit er genügend Zeit für die Fahrt vom Nachbargymnasium hierher hat – andrerseits um selbst von den sich drängenden Schülermassen verschont zu bleiben, die nach dem Schlussgong aus dem Gebäude strömen.

„Nicht wieder erschrecken!" Die Stimme hinter ihrem Rücken kommt Sabine bekannt vor. Und ja – sie gehört, wie schon am Morgen, Philipp Ackermann. Der Hausmeister hält einen Hund an der Leine.

„Und?" Er setzt ein gewinnendes Lächeln auf. „Waren denn die Kinder auch schön brav?"

„Seit wann haben Sie einen Hund?" Sabine scheint gar nicht zugehört zu haben. Ihre Augen ruhen auf dem Vierbeiner.

„Dazu noch so einen schönen wie diesen Collie."

„Na ja – der ist seit einer Woche bei uns sozusagen in Pension. Er gehört meiner alleinstehenden Schwägerin. Die Schwester meiner Frau hat sich ein Ersatzteil in die Hüfte bauen lassen."

Philipp Ackermann fischt ein Leckerli aus seiner Hosentasche, das gleich wieder in dem sabbernden Hundemaul verschwindet.

„Und nun ist die Gute in Reha und Leo bei uns – nicht wahr mein Lieber?"

Während Sabine sich zu dem Collie herabbeugt und zärtlich über sein Fell streichelt, rollen einige Tränen über ihre Wangen.

„Ist was?" Der Hausmeister kratzt sich an seinem spärlich behaarten Schädel.

„Habe ich etwas fal ..."

„Nein, nein – ist schon gut." Sabine richtet sich wieder auf und wischt sich mit dem Handrücken die Tränen ab.

„Es ist nur, weil mein Hund auch Leo hieß."

Ihr Gegenüber wiegt seinen stämmigen Oberkörper verlegen von einem Bein auf das andere und fragt mit gedämpfter Stimme: „Wieso ‚hieß'? Ist er etwa", er hüstelt in seine Hand, „gestorben?"

„Ja – er war sehr krank und hat so fürchterlich gelitten, dass ich ihn schließlich in der vergangenen Woche einschläfern lassen musste." Nun kennen die Tränen kein Halten mehr. In regelrechten Sturzbächen strömen sie über Sabines Wangen.

„Es ist mir unangenehm", schluchzt sie, „dass ich mich so gehen lasse. Aber ..."

„Aber", greift Philipp Ackermann ihr Wort auf, „das macht doch nichts."

Er holt ein Päckchen Papiertaschentücher aus seiner Jackentasche, hält es der Weinenden hin und tätschelt mit der freien Hand ihre Schulter.

Sabine zuckt zurück.

„Niemand kann sich vorstellen, wie ich unter dem Verlust leide." Zögernd greift sie nach dem Päckchen, entnimmt daraus ein Taschentuch und schnäuzt sich trotzig.

„Niemand!"

Der Collie wird unruhig.

„Na ja", meint sein Herrchen auf Zeit, „wir beide müssen nun weiter. Sie verstehen – Verdauungsspaziergang. Gehen Sie doch ruhig ein paar Schritte mit."

Sabine schüttelt den Kopf.

„Nein, danke. Mein Mann holt mich jeden Moment hier ab."

„Schade", erwidert der Hausmeister. „Leo hätte sich bestimmt gefreut und ich sowieso. Tschüss bis morgen, Frau Neudahl."

Er hebt eine Hand zum Gruß und trottet mit dem Collie in Richtung der hinter dem Schulgebäude liegenden Turnhalle.

Wo wird der wohl mit dem Hund Gassi gehen?, fragt sich Sabine, während sie den beiden noch länger hinterherschaut.

Vornehm benimmt er sich ja nicht gerade, aber nett ist er schon.

In diesem Moment fährt der Audi mit Friedrich Neudahl am Steuer vor.

Ein paar Tage später sitzt Sabine Neudahl im Oberstufenbüro Michael Wagner gegenüber.

„Sie können sich bestimmt schon denken, warum ich Sie zu mir gebeten habe", beginnt der Studiendirektor das Gespräch.

Die Angesprochene schüttelt den Kopf.

Aber das Fehlen deines gewinnenden Lächelns verheißt mir nichts Gutes.

Ohne den Blick von dem attraktiven Mitfünfziger abzuwenden, meint sie in den Augenwinkeln zu registrieren, dass Manuela Hof – die Sekretärin – die

Szene interessiert von ihrem Schreibtisch aus verfolgt.

„Also", fährt Michael Wagner fort, „es geht um Ihre Klassenarbeit in der 10b." Sabine tut überrascht.

„Sind Sie neuerdings auch noch für die Mittelstufe zuständig?"

„Frau Neudahl – Sie wissen doch, dass Kollegin Heintz noch im Mutterschutz ist und ich sie in der Klassenleitung vertrete. Als Klassensprecherin hat mir Lana berichtet, dass ..."

„Also daher weht der Wind!", fällt Sabine ihrem Gegenüber ins Wort und lässt ein ebenso künstliches wie verächtliches Lachen folgen.

„Hat sich die Gute wieder beim Klassenpapa ausgeweint? Nun ja – ein gewisses Schauspieltalent scheint sie ja zu haben."

Michael Wagner fällt es schwer, seinen Unmut zu verbergen.

„So kommen wir nicht weiter. Können wir nicht die Angelegenheit unter uns wie vernünftige Kollegen klären?"

Sabine wirft einen kurzen Blick auf Manuela Hof und meint mit gesenkter Stimme: „Und seit wann geht eine Angelegenheit unter Kollegen irgendeine Sekretärin etwas an?"

„Tja, Frau Neudahl, das war 's dann wohl!" Der Oberstufenleiter erhebt sich von seinem Sitzplatz.

„Ich werde den Fall an Herrn Feldmann weitergeben. Als Schulleiter ist er zuständig und wird Sie sicher ansprechen."

Er geht – die Englischlehrerin im Schlepptau – voraus zur Tür, öffnet sie und wartet bis Sabine

Neudahl das Büro, ohne ihn eines Blickes zu würdigen, verlassen hat.

Das hätte sie einfacher haben können, denkt sich Michael Wagner und wendet sich mit einem Achselzucken der von ihrer Arbeit aufblickenden Sekretärin zu.

„Selbst schuld!", stellt Manuela Hof fest. „Darauf koche ich uns einen starken Kaffee!"

„Ich weiß nicht, ob das eine gute Idee war. Wenn uns hier jemand zusammen sieht!" Sabine schaut unsicher in alle Richtungen, während der Hund an der von ihrer rechten Hand gehaltenen Leine nach vorne zieht.

„Nicht so flott, Leo!", brummt die Männerstimme hinter ihr. Und gleich schaltet der Collie einen Gang runter. Philipp Ackermann trottet mit zur Seite geneigtem Kopf den beiden hinterher. Er scheint nachzudenken.

„Erstens läuft uns hier um die Mittagszeit kein Schwanz über den Weg und zweitens dürfen Sie doch spazieren gehen wo und mit wem Sie wollen."

Sabine nickt, obwohl sie lieber eingeworfen hätte: *Aber nicht die Ehefrau eines Schulleiters mit dem Hausmeister des Konkurrenzgymnasiums.*

Stattdessen meint sie mit einem Seufzen: „Immer wenn ich mit **meinem** Leo durch die Felder gestreift bin, konnte ich mich so richtig entspannen – und ja – ihm auch meine Sorgen erzählen."

Philipp Ackermann zieht die rechte Hand aus seiner wärmenden Hosentasche und kratzt sich am Kopf.

„Na ja, dann mal los! Tu dir – äh – tun Sie sich keinen Zwang an. Ich bin ganz Ohr."

So dreht das etwas seltsam anmutende Trio seine Runde um den kleinen Teich, der einen verwilderten Grünstreifen schmückt. Dieser ist von der Straße aus nicht direkt einsehbar, weil er von zwei hinter der Schulturnhalle verlaufenden Bahndämmen eingeschlossen wird.

Natürlich erzählt Sabine ihrem stämmigen Begleiter nichts von ihren Schwierigkeiten und Ängsten im Schulalltag und auch über das angespannte Verhältnis zu ihrem Ehemann Friedrich verliert sie kein Wort. Aber dass sie keine echte Freude mehr empfinden kann, seitdem ihr Boxerrüde eingeschläfert werden musste, lässt sie schon durchblicken.

„Nichts ist mehr wie früher, als ich dank Leo schon vor dem Unterricht an der frischen Luft Energie tanken konnte."

Sabine bleibt stehen und atmet tief durch. Die Kälte, die jeden ihrer Atemzüge sichtbar werden lässt, hat auch den Teich vor ihnen zufrieren lassen.

„Und wie er sich dann gefreut hat, wenn ich mittags aus der Schule kam." Sie sucht den Blick Philipp Ackermanns, während sie sich eine kleine Träne aus dem Augenwinkel wischt.

Der Hausmeister neben ihr wirkt ein bisschen hilflos.

„Bitte nicht wieder weinen!"

Nach einem zögerlichen Hin und Her legt er schließlich seine prankengleiche Hand auf Sabines zierliche Schulter.

„Solange ich den Hund in Pension habe, können wir hier eine Runde drehen." Auf den zweifelnden Blick seiner Begleiterin hin versichert er noch: „So oft Sie wollen!"

In diesem Moment reißt sich der Collie von Sabines Hand los und läuft über die Eisfläche einem aufgeschreckten Kaninchen hinterher.

„Bleib hier, Leo!" Im Reflex macht Sabine zwei Schritte vorwärts, um es dem Hund gleichzutun, wird aber von Philipp Ackermanns Riesenhand um ihren Unterarm daran gehindert.

„Wieso halten Sie mich fest?" Sabine windet sich wie ein kleines Kind im Klammergriff des Hausmeisters.

„Sie tun mir weh. Lassen Sie mich sofort los!"

„Aber schön hiergeblieben!" Philipp Ackermann gibt den Arm frei und mimt mit einem gespielt ernsten Augenaufschlag den strengen Mahner.

„Das Eis ist zu dünn, um einen Erwachsenen zu tragen – auch wenn er so schlank ist wie Sie."

Mit einem anerkennenden Kopfnicken mustert er unverhohlen seine Begleiterin vom Scheitel bis zur Fußsohle.

„Außerdem kommt da hinten Leo schon wieder zurück."

Sabine scheint ihm gar nicht mehr zuzuhören und starrt geistesabwesend auf die Eisfläche.

Und wenn ich dort einbreche und erfriere – wen würde es schon groß interessieren?

„Frau Neudahl!" Die Baritonstimme des Hausmeisters schreckt sie aus ihren Gedanken auf.

„Auch wenn das hier ein lauschiges – na ja im Sommer jedenfalls – Plätzchen ist, müssen wir unseren Ausflug jetzt beenden."

Um seinem Wunsch genügend Nachdruck zu verleihen, fügt er noch hinzu: „Die Pflicht ruft!"

Natürlich will Sabine von niemandem in Begleitung des Hausmeisters gesehen werden – vor allem von Kollegen und Schülern nicht. Deshalb reicht sie ihm an der als Ausgang des Grünstreifens fungierenden Unterführung die Hundeleine.

„Gehen Sie schon einmal vor. Ich werde hier noch eine Weile warten, bevor ich zu meinem Wagen auf dem Schulparkplatz gehe."

Ehe Philipp Ackermann protestieren kann, lässt sie noch ein geflüstertes „Danke" folgen und legt bedeutungsvoll den Zeigefinger auf ihre Lippen.

„Pssst!"

Mit einer Handbewegung signalisiert der Angesprochene seine Zustimmung und trottet mit dem Collie in Richtung seiner neben dem Schulgebäude liegenden Dienstwohnung.

Sabine schaut ihm hinterher. Der Spaziergang im Gebiet zwischen den beiden Bahndämmen hat ihr gutgetan – und das hat nicht nur an der Gesellschaft des Hundes gelegen.

Mittlerweile finde ich ihn echt sympathisch.

Unter vier Augen

„Kann ich Sie mal kurz unter vier Augen sprechen?"
Michael Wagner steckt nach dem Anklopfen seinen
Kopf durch die einen Spalt geöffnete Tür ins Chef-
zimmer.

Oberstudiendirektor Gerhard Feldmann winkt
ihn mit der Hand herein.

„Wir sind sowieso fertig – oder Frau Deppe-
Schäfer?"

Die Orientierungsstufenleiterin lacht.

„Fix und fertig!" Mit einem „Einen schönen Tag
noch, die Herren!" verlässt sie den Raum.

„Das ist nicht der einzige Fall, der in Sachen Neudahl
auf meinem Schreibtisch liegt", stellt der Schulleiter
fest, nachdem Michael Wagner ihm von den Problemen rund um die Englischarbeit in der 10b berichtet
hat.

„Die Dame macht mir echt Arbeit, viel Arbeit – vor
allem aber unnötige. Die Eltern werden ihr am bald
stattfindenden Sprechtag die Bude einrennen." Oberstudiendirektor Feldmann ist ungehalten.

„Wie mit einer zu schlecht ausgefallenen Klassenarbeit umzugehen ist, lernt man schon im Referen-
dariat – die Schulordnung ist da eindeutig. Frau
Neudahl hätte mich informieren müssen."

Mit einem Kopfnicken pflichtet Michael Wagner
seinem Chef bei.

„Ja – aber meine Klasse will gar nicht die Klassenarbeit wiederholen. Sie möchte nur nicht schon
eine Woche später die nächste schreiben müssen."

„Klar – auch das regelt die Schulordnung." Herr Feldmann greift zu Stift und Notizbuch.

„Ich werde der Kollegin die dienstliche Anweisung erteilen, nach der erfolgten Rückgabe den Mindestabstand von zwei Unterrichtswochen einzuhalten."

Auch das hätte sie vermeiden können, denkt sich der Oberstufenleiter. Irgendwie tut ihm die Englischlehrerin jetzt leid.

„Ich glaube, dass Frau Neudahl zurzeit mit der Schularbeit etwas überfordert ist."

„Zurzeit? Etwas?"

Herr Feldmann schüttelt ungläubig den Kopf.

„Nein, nein – dass ich nicht lache! Aber dazu ist die Angelegenheit viel zu ernst."

Seine Stimme senkt sich in Ton und Lautstärke.

„Ich erzähle Ihnen mal etwas – ganz im Vertrauen."

Michael Wagner erfährt, dass Friedrich Neudahl ein Duzfreund seines Chefs ist. Die beiden Schulleiter kennen sich seit der Studienzeit und treffen sich regelmäßig zum – vornehmlich dienstlichen – Informationsaustausch.

Als sich Feldmann während ihrer Fehltage nach Sabine Neudahl erkundigte, erfuhr er Näheres über deren seit geraumer Zeit existierenden psychischen Ausnahmezustand, wie es der Ehemann nannte.

„Das Gesagte bleibt in diesen vier Wänden. Ich hoffe, wir verstehen uns, Herr Wagner."

Der Angesprochene nickt mit dem Kopf und schaut auf seine Armbanduhr.

„Selbstverständlich, Sie können sich auf mich verlassen. Aber ich muss nun los. Die Arbeit ruft. Tschüss Herr Feldmann."

Als der Oberstufenleiter zu seinem Büro zurückkehrt, wartet schon Eileen Voss – eine Schülerin aus der Jahrgangsstufe 11 – auf ihn.

„Herr Wagner, ich muss Sie unbedingt sprechen." Der Pferdeschwanz des rothaarigen Mädchens schwingt aufgeregt hin und her.

„Am besten unter vier Augen."

„Dann komm mal mit herein, Eileen! Aber meine Sekretärin bleibt wo sie ist." Michael Wagner öffnet die Tür.

„Nanu – wo ist sie denn?" Der Stuhl an Manuela Hofs Schreibtisch ist leer.

„Umso besser", stellt die für ihre geringe Körpergröße doch recht füllige Schülerin fest. „Ich komme wegen der Neudahl ..."

„**Frau** Neudahl!", verbessert der Oberstufenleiter.

„Also die **Frau** Neudahl spinnt total. Tut mir leid – vornehmer kann ich es nicht ausdrücken."

Bevor Studiendirektor Wagner erneut Eileen ermahnen kann, sprudelt es aus deren Mund nur so hervor, dass sie fast das Atmen vergisst.

Im Grundkurs Englisch sammelt Frau Neudahl regelmäßig von ein paar Schülerinnen und Schülern die schriftliche Hausaufgabe ein, um sie dann daheim in Ruhe zu korrigieren und zu benoten.

Da es Eileen – wie sie es ausdrückt – mit der Anwesenheitspflicht nicht so genau nimmt, entgeht sie oft dieser Überprüfung. Deshalb hat ihr die

Englischlehrerin eine Hausaufgabe aufgegeben, die Eileen zuvor mal wieder versäumt hatte.

Weil der restliche Kurs diese aber schon zwei Wochen zuvor zu bearbeiten hatte, besorgte sich Eileen von einer Mitschülerin das Heft mit dem anzufertigenden Text. Diesen hatte Frau Neudahl mit einem glatten Gut bewertet.

„Ich habe alles Wort für Wort abgeschrieben, weil ich dachte, dass dies nach zwei Wochen nicht mehr auffällt," beendet Eileen ihren Bericht.

„Und? Ist es aufgefallen?", will der Oberstufenleiter wissen.

„Nein, aber ...", Eileen fischt zwei Hefte aus ihrem Schulrucksack, „jetzt raten Sie mal, Herr Wagner, welche Note **ich** bekommen habe."

„Verdient hast du jedenfalls eine Sechs", stellt der Gefragte fest.

„Schließlich hast du deine Englischlehrerin getäuscht und betrogen."

„Dass ich nicht lache!" Die Zornesröte steigt in das sommersprossige Mädchengesicht.

„Schauen Sie sich das an! Zwei identische Texte mit den Noten gut und mangelhaft."

Eileen hält die beiden geöffneten Hefte in die Höhe.

„**Das** ist Betrug!" Wie eine triumphierende Anklägerin vor Gericht legt sie ihre Beweismittel auf Wagners Schreibtisch.

„Gut – wenn sie mich beim Pfuschen erwischt hätte, könnte ich mich nicht beschweren und würde die Konsequenzen tragen müssen. Aber so?"

Der Mann hinter dem Schreibtisch wirft einen prüfenden Blick auf die vor ihm liegenden Schülerarbeiten. Es sind zwar im Wesentlichen die gleichen Stellen als Fehler angestrichen, aber in Eileens Text sind ganze Passagen rot unterschlängelt und am Rand mit einem „Style!" versehen.

Michael Wagner schüttelt verständnislos den Kopf.

„Eileen, lass mir bitte die Hefte hier. Ich werde mich um die Angelegenheit kümmern. Aber nicht dass du denkst, nun eine gute Note zu bekommen."

Die Schülerin setzt eine gespielt empörte Miene auf.

„Halten Sie mich für so naiv?"

Der Oberstufenleiter muss lachen.

„Nein, nein – doch ein bisschen zu frech bist du schon. Und nun ab in den Unterricht mit dir!"

Gleich am nächsten Tag bestellt Studiendirektor Wagner die Englischlehrerin Neudahl zu sich ins Büro. Als sie vor seinem Schreibtisch Platz genommen hat und er ihr eröffnet worum es geht, besteht sie auf einem Vieraugengespräch.

„Manuela, würdest du uns bitte zehn Minuten alleine lassen?"

Die Sekretärin greift sich ihre Jacke und während sie sich diese gemächlich anzieht, ruht ihr Blick auf der Vorgeladenen.

„Kein Problem, Michael." Beim Aussprechen des Vornamens blitzen die Augen der wartenden Frau auf.

„Ich drehe inzwischen an der frischen Luft ein paar Runden auf dem Schulhof." Sagt es, streicht sich die halblangen schwarzen Haare nach hinten und verlässt mit hocherhobenen Kopf das Oberstufenbüro.

„Und nun zu Ihnen, Frau Neudahl. Schauen Sie sich bitte das einmal an!" Michael Wagner breitet die beiden ihm von Eileen überlassenen Englischhefte auf seinem Schreibtisch aus.

Doch die Angesprochene scheint gar nicht richtig zuzuhören. Ihr Blick haftet auf dem Gesicht ihres Gegenübers.

Warum muss dieser Inbegriff von einem gutaussehenden Mann dienstlich nur so grausam sein?

Der Oberstufenleiter wiederholt seine Aufforderung und klopft dabei energisch mit dem Zeigefinger abwechselnd auf jedes der beiden Hefte.

Die Englischlehrerin erschrickt. Mit einem Mal verfinstert sich ihre Miene.

„Soll das ein Verhör werden?"

Michael Wagner bemüht sich gelassen zu bleiben.

„Das kommt darauf an, ob ich zu dem, was sie mir jetzt hoffentlich berichten werden, noch eine Menge nachfragen muss."

Nun widmet sich Sabine Neudahl den in den Heften angefertigten Hausaufgaben. Mit jedem Hin- und Herwandern ihrer Augen wird sie unruhiger. Röte steigt in ihren Kopf.

„Die Voss hat ja Wort für Wort abgeschrieben." Fast versagt ihr die Stimme und Schweißtröpfchen sammeln sich auf der Oberlippe.

„Ja – die Texte sind identisch", erklärt ihr Gegenüber. „Aber das ist das geringste Problem. Die Korrektur und vor allem die unterschiedliche Benotung sind mir rätselhaft. Wie können Sie ... ?"

„Hören Sie auf!", unterbricht ihn die Englischlehrerin. Sie hält sich beide Hände vor das Gesicht und atmet schnell und stoßweise.

„Sie wollen mich nur fertigmachen. Erst die Sache mit der Klassenarbeit in der 10b und jetzt ..." Ihre tränenerstickte Stimme stockt, während in ihren Augen Hass aufzusteigen scheint.

„Aber Frau Neudahl, beruhigen Sie sich doch!" Michael Wagner erhebt sich von seinem Stuhl, beugt sich nach vorn über die Schreibtischplatte und legt seine rechte Hand auf die Schulter der schluchzenden Frau. Für einen Augenblick meint er, als neige sie ihren Kopf zur Seite, um ihre Wange an seinem Handrücken zu reiben.

Instinktiv zieht er seinen Arm zurück.

„Es geht mir nicht um Ihre Person. Im Mittelpunkt steht für mich immer die Sache. Sie haben – um es mal harmlos auszudrücken – versucht, mit Ihrer Benotung Eileen Voss zu disziplinieren."

Sabine Neudahl schaut zu dem immer noch vor ihr stehenden Mann empor. Sie scheint sich zwar etwas beruhigt zu haben, aber weiterhin bedroht zu fühlen.

„Ich sage jetzt gar nichts mehr!"

„Das ist letztlich auch nicht nötig, denn die Dinge sprechen für sich." Michael Wagner zuckt mit den Achseln.

„Ich habe nur gehofft, dass wir den Schaden gemeinsam irgendwie hätten reparieren können. Aber so?"

Ein lautes, hysterisches Lachen bricht aus der Frau vor ihm hervor.

„Tun Sie doch nicht so, als täte ich Ihnen einen Deut leid." Die Tür geht auf.

„Schwärzen Sie mich ruhig wieder beim Chef an!"

Manuela Hof hat den Raum betreten und schaut in die Runde.

„Was ist denn **hier** los? Bin ich zu früh?"

Ihr Chef schüttelt den Kopf.

„Nein, nein – wir sind fertig". Er wendet sich zur Englischlehrerin. „Oder, Frau Neudahl?"

Doch die Angesprochene verlässt, ohne eine Antwort zu geben und ohne den Anwesenden weitere Beachtung zu schenken, das Oberstufenbüro.

Die Sekretärin rümpft auf dem Weg zu ihrem Arbeitsplatz die Nase.

„Diese Mischung aus dicker Luft und süßlicher Parfümnote mag zwar Seltenheitswert haben, aber unangenehm ist sie schon."

Mit einem Schwung beider Arme öffnet sie die Flügel des geteilten Sprossenfensters an der Seitenwand neben ihrem Schreibtisch.

„Eine Brise frische Luft kann auch **dir** nicht schaden, Michael. Du siehst echt geschafft aus."

„Ja – Kollegin Neudahl bereitet mir Sorgen."

„Hat sie wieder einmal gegen die Schulordnung verstoßen?", will Manuela wissen.

„Viel schlimmer", erwidert ihr Chef. „Ich hätte die Angelegenheit gerne einfacher geregelt. Aber was sie sich geleistet hat, geht schon in Richtung Dienstvergehen. Darum müssen sich jetzt Herr Feldmann und die Schulbehörde kümmern. Mehr darf und möchte ich dir nicht darüber verraten."

Mit einem verständnisvollen Lächeln meint Manuela Hof: „Alles gut, Michael – alles gut!"

Doppelter Deal

Michael Wagner sitzt schweigsam mit seiner Frau am Mittagstisch. Ihre drei Kinder – allesamt Jungs – sind schon in ihren Zimmern verschwunden.

Die Teenager haben es beim Essen immer eilig, um sich danach – unbehelligt von Hausaufgaben und anderen Pflichten – ihrem gemeinsamen Hobby Computerspielen zu widmen.

„Du wirkst so nachdenklich – fast traurig. Gab es Ärger in der Schule?" Eva Wagner schaut ihrem Mann in die Augen. Sie sorgt sich um ihn, da er nach ihrer Ansicht viel zu viel arbeitet, seit er den Posten des Oberstufenleiters übernommen hat.

„Ja", antwortet der Gefragte knapp.

„Und?" Eva bleibt beharrlich. Sie will mehr wissen.

Michael schüttelt den Kopf.

„Der Ärger soll bleiben, wo er hingehört – nämlich **in** der Schule."

„Aber Schatz, er sitzt doch hier längst leibhaftig mit am Tisch." Eva steht auf, stellt sich hinter Michaels Stuhl und legt beide Hände auf seine Schultern.

„Ich lausche."

Und so berichtet Michael, der eigentlich zu Hause selten über Schulangelegenheiten spricht, von Frau Neudahls unschönem Gebaren gegenüber Eileen Voss. Er lässt auch die Vorfälle in seiner Klasse 10b nicht aus und schildert ausführlich das Verhalten der Englischlehrerin ihm gegenüber.

„Mir scheint, dass die Dame nicht nur enorme fachliche und pädagogische Probleme hat, sondern auch ein riesengroßes psychisches." Eva Wagner ist sichtlich aufgewühlt von den Worten ihres Mannes.

„Wie kann man nur eine solche Person den Lehrerberuf ergreifen lassen?"

Michael zuckt mit den Achseln.

„Ich muss jedenfalls jetzt handeln – so oder so."

„Was meinst du mit ‚so oder so'?", fragt Eva und gibt sich gleich selbst die Antwort: „Natürlich meldest du den Vorfall mit Eileen deinem Chef. Die Frau gehört eigentlich aus dem Verkehr gezogen."

„Ja, ja – ich weiß", räumt Michael ein. „Die Notenmanipulation, der konfliktreiche Umgang mit den ihr anvertrauten Mädchen und Jungen, ihre Fehlzeiten – all dies spricht gegen sie. Aber vielleicht braucht sie nur Hilfe."

Eva schüttelt vehement den Kopf.

„Du hast dir diesbezüglich nichts vorzuwerfen. Im Gegenteil – **sie** hat doch nach allem, was du mir eben erzählt hast, dein Entgegenkommen ausgeschlagen. Außerdem scheint mir die Frau auf eine bestimmte Art sogar gefährlich zu sein."

„Woraus schließt du das?", will Michael wissen, worauf Eva erklärt: „Ihr Verhalten hat psychopathische Züge."

Etwas sonderbar ist sie schon, denkt sich der Familienvater, ohne dies auch auszusprechen. Stattdessen mag er das leidige Thema jetzt beenden. Er steht vom Tisch auf und dreht sich zur immer noch hinter seinem Stuhl stehenden Ehefrau um.

„Ich danke dir für dein Zuhören und deine Ratschläge, Schatz. Ich werde die Angelegenheit eine

Nacht überschlafen." Michael umarmt Eva und gibt ihr einen langen Kuss auf die Stirn.

„Nun gehe ich mal hoch zu den Jungs und frage sie, was heute noch so ansteht."

„Guten Morgen, Herr Feldmann. Ich komme schon wieder in Sachen Neudahl."

Michael Wagner hat am nächsten Tag das Büro des Schulleiters betreten, der ihm mit einer Handbewegung andeutet, auf einem der beiden Sessel in der Fensterecke Platz zu nehmen.

Oberstudiendirektor Gerhard Feldmann steht von seinem Schreibtischstuhl auf, setzt sich zu seinem Gast und erklärt: „Kollegin Neudahl war schon selbst hier." Er räuspert sich mehrmals, als müsse er nach geeigneten Worten suchen.

„Und?" Michael Wagner ist erstaunt – ja auch irritiert, denn so zögerlich kennt er seinen Chef eigentlich nicht.

„Sie hat mir ziemlich aufgeregt von einem Gesprächstermin bei Ihnen berichtet. Worum es dort ging habe ich nicht so recht verstanden. Sie war so verwirrt und – wie gesagt – aufgeregt."

Der Schulleiter schaut sein Gegenüber bedeutungsvoll an.

„Jedenfalls hat sie sich bei mir über Sie beklagt."

„Über mich?"

Herr Feldmann zögert einen Moment, bevor er fortfährt: „Ja – über Sie, Herr Wagner. Es ist mir unangenehm, aber Frau Neudahl behauptet, von Ihnen sexuell belästigt worden zu sein."

„Wassss?"

„Sie hätten ihre Schulter und Wange gestreichelt und ihr ein unsittliches Angebot gemacht."

„Angebot? Unsittlich?" Michael Wagner ist außer sich.

„Jetzt spinnt sie aber wirklich!"

In den folgenden Minuten erfährt Herr Feldmann aus dem Mund des Oberstufenleiters die Einzelheiten zum Fall der Schülerin Eileen Voss und wie das diesbezügliche Gespräch mit Frau Neudahl verlaufen ist.

„Ja – ich habe sie kurz an der Schulter berührt, weil ihr Weinkrampf einfach nicht enden wollte. Sie war ja nicht mehr ansprechbar."

Michael Wagner hebt beide Unterarme an und gestikuliert mit den nach oben weisenden Handinnenflächen: *Ich wusste mir anders nicht zu helfen.*

„Aber haben Sie ihr dann angeboten, die Angelegenheit auf sich beruhen zu lassen, wenn sie sich dafür Ihnen auf **besondere** Weise erkenntlich zeigen würde? Das behauptet Frau Neudahl nämlich."

Ruhig bleiben, ganz ruhig bleiben!, denkt sich der Gefragte.

„Natürlich nicht, Herr Feldmann! Wie gesagt – lässt mich diese Anschuldigung am Geisteszustand der Kollegin zweifeln. Oder aber sie lügt bewusst und berechnend."

Gerhard Feldmann nickt nachdenklich mit dem von einer Hand an der Stirn gestützten Kopf.

„Schauen Sie, Herr Wagner – vielleicht sollten **wir** die Angelegenheit reparieren."

„Wie meinen Sie das, Chef?"

„Nun – ich will es mal einen doppelten Deal nennen." Was er sich unter diesem Begriff genauer vorstellt, erläutert darauf der Oberstudiendirektor seinem Oberstufenleiter.

Noch am gleichen Nachmittag klingelt im Hause Neudahl das Telefon.

„Ach du bist es, Gerhard!" Friedrich Neudahl hat den Hörer abgehoben und begrüßt seinen ehemaligen Studienfreund, der ihn nach seiner Frau fragt.

„Nein – ich kann dir nicht Sabine geben, denn sie hat sich ins Bett gelegt. Es geht ihr wohl wieder mal nicht gut. Soll ich ihr etwas ausrichten?"

Während Friedrich Neudahl den Worten seines Schulleiterkollegen lauscht, tippt er mit dem Zeigefinger auf die Lehne des Sessels, den er sich im Wohnzimmer als Sitzgelegenheit ausgesucht hat.

„Ich bezweifele, dass Sabine die nächsten Tage persönlich bei dir erscheinen kann. Sie hat für morgen einen Termin beim Hausarzt ausgemacht."

Der Mann am anderen Ende der Leitung scheint sein Anliegen nicht aufschieben zu wollen. Jedenfalls hört Sabine, die auf dem Weg zur Toilette an der angelehnten Wohnzimmertür haltgemacht hat, ihren Mann sagen: „Ich bin ganz Ohr, Gerhard – schieß los!"

Während der nächsten Minuten steigert der Zeigefinger des Zuhörers sein Tippen zu einem regelrechten Trommelwirbel. Allzu gerne hätte Sabine gewusst, worum es in diesem Gespräch geht, aber außer einem gelegentlichen „Ja" aus Friedrichs Mund gelangt kein Wort durch den Türspalt an ihr Ohr.

Schließlich schleicht sie auf Zehenspitzen weiter zur Toilette.

„Ich werde dafür sorgen, dass Sabine die von dir angesprochenen Dinge erledigt. Letztlich muss sie – und auch ich – dir dankbar sein, dass du dann auf eine Meldung bei der Schulaufsicht verzichtest."

Friedrich ist eine gewisse Erleichterung anzumerken. Nach einer kurzen Pause verabschiedet er sich mit den Worten: „Ich sag dann mal tschüss, Gerhard."

Nachdem er das Telefon in die Diele gebracht hat, fischt er aus der Innentasche seines Jacketts Kugelschreiber und Notizbuch. Während er die Stichworte „Note und Beschuldigung zurücknehmen!" aufschreibt, sagt er sich: *Hätte sich jemand an meiner Schule solche Klöpse geleistet, dann wäre ich nicht so kulant wie Gerhard.*

So wird es eine Stunde später ziemlich laut im Neudahlschen Gästezimmer, das der Frau des Hauses seit einigen Tagen als Schlafplatz dient.

„Wie kannst du mich nur vor meinem Freund und Schulleiterkollegen Gerhard Feldmann dermaßen blamieren?"

Friedrich geht vor seiner sich unter der Bettdecke kauernden Frau auf und ab und fuchtelt mit der erhobenen Hand seinen Zorn in die Luft.

„Ich zweifle langsam wirklich an deinem Verstand."

Dann eröffnet er ihr die Einzelheiten des von Feldmann vorgeschlagenen Deals und schüttelt dabei immer wieder fassungslos den Kopf.

„Als wäre die unsägliche Notengeschichte nicht schon genug, versuchst du noch einen unbescholtenen Kollegen und Familienvater bloßzustellen."

Wie ein kleines Kind versucht Sabine der Situation zu entfliehen, indem sie sich die Bettdecke über den Kopf zieht.

„Du brauchst dich gar nicht zu verstecken!" Mit einem Ruck zieht Friedrich die Bettdecke zurück und wirft sie über das Fußende hinweg auf den Boden.

„Du rufst jetzt – und ich **meine** damit auch jetzt – Gerhard an und sagst ihm, dass du die Note dieser Schülerin Eileen – oder wie immer die auch heißt – annullieren und den Vorwurf gegenüber Herrn Wagner zurücknehmen wirst."

Sabine kennt nur allzu gut den kompromisslosen Ton ihres Mannes und hält sich die Ohren zu.

„Dann und nur dann", fährt dieser fort, „wird Gerhard auf eine Meldung der Vorfälle bei der Schulbehörde verzichten. Und Gnade dir Gott, ..."

Friedrichs Stimme ist so laut, dass selbst Nachbarn – wenn sie denn welche hätten – jedes einzelne Wort mithören könnten.

„... wenn der Name ‚Neudahl' dort zum Gespött wird."

Sabine atmet hastig und stammelt: „ Gi – gi – gib mir fünf Minu – Minuten Zeit."

Friedrich schaut auf seine Armbanduhr und geht zur Tür. „Ich warte in der Diele."

Zu dieser Zeit befindet sich Studiendirektor Wagner auf dem Nachhauseweg. Im Autoradio läuft gerade eine Oldie-Sendung, die den Song aus dem Jahr 1968 „Lazy Sunday" von den Small Faces zum Besten gibt.

Vor allen Dingen ‚lazy afternoon', denkt sich der Mann am Lenkrad.

Er hat nämlich den Schultag nicht nur für Verwaltungsarbeit genutzt, sondern auch schon seinen Part in dem „doppelten Deal" – wie es sein Chef ausgedrückt hat – erledigt.

Eileen Voss, die als Oberstufenschülerin auch nachmittags Unterricht hat, ist ihm zufällig auf dem Schulhof über den Weg gelaufen.

Anfangs hat das Mädchen etwas gezögert, in sein Angebot einzuwilligen.

„Wenn du über die Angelegenheit mit Frau Neudahl Stillschweigen wahrst, wird deine schlechte Note annulliert und du darfst in einen anderen Englischkurs wechseln."

„Aber wird die Neudahl dann nicht belangt? Ich meine von wegen Willkür und Manipulation."

„Lass das meine Sorge sein. Besser kann für dich die Sache nicht ausgehen – immerhin hast du gepfuscht." Mit diesem Argument ist es schließlich für den Oberstufenleiter ein Leichtes gewesen, Eileen zu überzeugen.

Im Autoradio läuft der nächste Oldie. Die Gruppe Pink Floyd besingt „Another brick in the wall". Als Michael Wagner zu Hause auf den Stellplatz vor der Garage einbiegen will, schallt es gerade „We don't need no education" aus dem Lautsprecher.

Der Heimkehrer muss lachen und hält am Straßenrand an – liegen doch die drei Fahrräder seiner Söhne mitten auf dem gepflasterten Boden und blockieren die Einfahrt.

„You **do** need **much** education", stimmt Michael in den nächsten Refrain ein und betätigt die Hupe. Kurz darauf schaut ein blonder Jungenkopf aus der nur einen Spalt geöffneten Haustür. Mit einer unmissverständlichen Handbewegung signalisiert der Vater seinem ältesten Spross, was zu tun ist.

Dieser eilt – nur mit Strümpfen an den Füßen – zu den Fahrrädern und stellt sie hintereinander gereiht direkt neben die an den Stellplatz grenzende Hauswand.

Michael lenkt den Wagen vor die Garage und steigt aus.

„Gut so, Simon!" Er legt auf dem Weg zur Haustür eine Hand auf die Schulter des 13-jährigen.

„Aber das nächste Mal bitte auch mit **Schuhen** an den Füßen!"

„Wie war 's denn heute bei deinem Chef?", will Eva Wagner wissen, als ihr Mann sein verspätetes Mittagessen, das man fast schon ein vorgezogenes Abendessen nennen kann, beendet hat.

Michael zögert einen Augenblick mit der Antwort.

„Das ist eine längere Geschichte. Lass sie mich dir bei einer Tasse Kaffee im Wohnzimmer erzählen."

Es wird draußen schon dunkel, als Michael seine Schilderung mit den Worten „Das war 's!" beendet. Der hinter ihm liegende Tag hat sein Nervenkostüm merklich strapaziert.

Eva, die sich alles ohne Zwischenbemerkungen und Fragen angehört hat, erinnert sich an ihre Worte vom Vortag.

„Ich habe dir ja gesagt, dass diese Frau gefährlich ist. Beschuldigt dich der sexuellen Belästigung! Pah – das hätte sie vielleicht gern."

Sie sieht ihrem Mann an, dass ihm die letzte Bemerkung nicht gefallen hat.

„Sorry – ich mache mir eben Sorgen. Was gedenkst du denn zu tun, wenn die Neudahl nicht auf den Deal mit deinem Chef eingeht?"

„Warum sollte sie das nicht?"

„Weil sie vielleicht eine Meldung bei der Schulbehörde dazu nutzen könnte, **dir** dort mit ihrem unsäglichen Vorwurf zu schaden."

Michael springt aus seinem Sessel auf. „Dann ist sie fällig!"

3. Enttäuschungen

Beim Hausarzt

Ich kann unmöglich in die Schule gehen, sagt sich Sabine Neudahl, während sie im Wartezimmer ihres Hausarztes sitzt und darüber grübelt, wie sie diesem das am besten erklären soll.

Sie kann doch nicht schon wieder Migräne als Grund vorschieben. Dass sie noch immer tieftraurig über Leos Tod ist, stimmt zwar – rechtfertigt aber wohl keine Krankschreibung mehr. Andrerseits mag sie dem Arzt auch nicht von ihren Problemen mit den Schülern, der Schulleitung und vor allem mit Michael Wagner erzählen – ganz zu schweigen vom angespannten Verhältnis zu ihrem Mann Friedrich.

Dann will sie doch lieber noch einmal die Migräne beanspruchen. Sabines Gedanken kreisen in einer Endlosschleife.

Ich kann unmöglich in die Schule gehen.

Doktor Wilhelm Weißhaupt ist ein erfahrener Mediziner, der die Altersgrenze zum Eintritt ins Rentnerleben schon längst überschritten hat und – als wäre der Name sein Programm – noch über volles silberweißes Haar verfügt. In seiner Funktion als Hausarzt von Sabines Eltern kennt er die Patientin vor seinem in die Jahre gekommenen Schreibtisch schon seit ihrer frühen Jugend.

„Na – was führt dich denn heute zu mir, Sabine?" Die Angesprochene errötet und zögert einen Augenblick zu lange – jedenfalls nach Ansicht des Doktors.

„Du musst jetzt gar nichts mehr sagen, meine Liebe."

Wilhelm Weißhaupt ist bemüht, seine Stimme in dem ihr eigenen beruhigenden Ton klingen zu lassen.

„Ich sehe mir das nun schon einige Zeit an", fährt er fort. „Die Migräne, die du mir sicher auch heute wieder nennen willst, ist nicht Ursache sondern vielmehr Folge deines – wie auch immer gearteten – Unwohlseins."

Der alte Herr steht von seinem abgewetzten Ledersessel auf, beugt sich über den Schreibtisch und legt seine Hand auf den Unterarm der vor ihm sitzenden Patientin.

„Wir sollten einen Psychotherapeuten – vielleicht sogar den entsprechenden Facharzt – mit ins Boot holen ..."

„Niemals!" Sabine windet sich auf ihrem Sitzplatz.

„Niemals, niemals!" Sie muss sich beherrschen, um nicht loszuschreien.

„Ich bin doch nicht verrückt!"

Sie presst ihre Lippen so fest aufeinander, dass von ihnen nur noch ein blutleerer Strich übrigbleibt und blickt wie ein trotziges Kind zum Doktor auf.

„Aber Sabine, beruhige dich! Ich will dir doch nur helfen." Weißhaupts sonore Stimme scheint heute ihre Wirkung zu verfehlen, denn die Frau vor ihm schüttelt heftig den Kopf.

„Diese Art von Hilfe will ich nicht – brauche ich nicht. Ich möchte nur ein paar Tage der Schule fernbleiben, um die höllischen Kopfschmerzen ..."

„Nein, nein", fällt ihr Wilhelm Weißhaupt ins Wort. „So geht das nicht – jedenfalls heute nicht. Schließlich bin ich als Arzt zu mehr verpflichtet, als nur eine Krankschreibung auszustellen." Er setzt sich wieder auf seinen Sessel und erlaubt sich einen leisen, kurzen Seufzer.

„Schau Sabine, nach allen bisherigen Untersuchungen habe ich dir bereits vor einem Jahr mitteilen können, dass für deine Migräne wohl keine körperliche Ursache verantwortlich ist." Vergeblich sucht der alte Herr wenigsten einen Anflug von Bestätigung in den Augen seines Gegenübers.

„Aber als ich dich nach persönlichen Problemen fragte", fährt er fort, „hast du dich – bis auf ein paar vage Andeutungen – mir gegenüber verschlossen gezeigt."

Sabine rutscht auf ihrem Stuhl unruhig hin und her. Sie ahnt, dass das mit einer Krankschreibung heute nichts wird – und soll damit Recht behalten.

„Es tut mir leid, Sabine, aber meine Möglichkeiten sind nun ausgeschöpft. Entweder du holst dir professionelle Hilfe bei einem Facharzt – wozu ich dir dringend rate – oder du musst ..."

Weiter kommt Doktor Weißhaupt nicht, denn seine Patientin springt mit den Worten „Ich muss, ich muss!" auf, schaut ihm wütend in die Augen und zischt: „Ich muss alles **alleine** aushalten."

„Aber nein", versucht der alte Herr Sabine zu beschwichtigen. Zu spät – die Tür zum Arztzimmer fällt krachend ins Schloss.

„Und? Was hat dein Arzt gesagt?" Friedrich Neudahl steht vor der geöffneten Haustür, nachdem seine Frau ihr Cabriolet in der Einfahrt vor der Garage geparkt hat.

Sabine geht mit gesenktem Kopf an ihm vorbei ins Haus.

„Ich habe dich etwas gefragt", ruft er ihr hinterher. Sie bleibt stehen – allerdings ohne sich umzudrehen.

„Seit wann interessierst du dich denn für meine Gesundheit?" Sabine weiß, dass sie mit dieser Frage ihren Mann verärgert – und ja – ihn provoziert.

Was soll 's?, denkt sie sich. *Er hat schließlich mit seinem rücksichtslosen Verhalten dafür gesorgt, dass es mir so dreckig geht.* Doch sie traut sich nicht, diesen Gedanken auch auszusprechen.

Dafür wird sie aber in ihrer Meinung durch Friedrichs Reaktion bestätigt.

„Ich habe dich nicht nach deiner Gesundheit gefragt, sondern will lediglich wissen, ob Doktor Weißhaupt dich ..."

Weiter kommt er nicht, weil Sabine ihn unterbricht.

„Nein – nur keine Angst. Er hat mich **nicht** krankgeschrieben."

Sie dreht sich um und schaut ihren Mann vorwurfsvoll und zugleich verzweifelt an.

„Du kannst deinem Schulleiterfreund Feldmann ruhig Bescheid sagen, dass sich deine Frau irgendwie in die Schule schleppen wird."

Sabine wundert sich über ihren selbstbewussten Ton, doch bei Friedrich kommen ihre Worte gar nicht gut an.

„Mein Gott – wie du dich wieder anstellst!" Die Zornesröte steigt ihm in den Kopf.

„Die paar Stunden, die du zu halten hast, sind doch ein Klacks. Oder ist es wieder einmal der bevorstehende Elternsprechtag?"

Ohne eine Antwort abzuwarten, fügt er noch stöhnend hinzu: „Was habe ich nur für eine Heulsuse geheiratet!"

Sabine mag nicht weiter zuhören und hält sich wie ein kleines Kind die Ohren zu. Und trotzdem kann sie nicht verhindern, dass Friedrichs Drohung ihr bis ins Mark dringt.

„Ich habe es satt – nein – ich habe **dich** satt!"

Aber lassen wir das

Michael Wagner schlendert durch den Schulflur. Er wird heute allein im Oberstufenbüro sein, da seine Sekretärin Manuela Hof ihren freien Tag hat.

Soeben hat Oberstudiendirektor Feldmann ihm mitgeteilt, dass die Kollegin Neudahl ihren unsäglichen Vorwurf zurückgezogen hat. Da er umgekehrt von seinem erfolgreichen Gespräch mit der Schülerin Eileen berichten konnte, meinte schließlich sein Chef sichtlich zufrieden: „Damit hat der doppelte Deal ja hingehauen!"

Aber Zufriedenheit oder gar Genugtuung kann Michael Wagner nicht empfinden – eher eine diffuse Unsicherheit.

Wie soll ich ihr in Zukunft begegnen? Immerhin hat sie mich beschuldigt, sie sexuell belästigt zu haben.

Nachdenklich drückt er die Türklinke zu seinem Büro runter und murmelt: „Wie kommt sie überhaupt auf ‚sexuell'?"

Ein spitzer Schrei schreckt ihn auf, als er den Raum betritt.

„Was machen **Sie** denn hier?" Er ist verwundert, Frau Neudahl mit seiner Computertastatur in ihren Händen vor seinem Schreibtisch zu sehen.

„Ich, ich", stammelt die Gefragte, „ich muss – ich will mich nur bei Ihnen entschuldigen."

Studiendirektor Wagner runzelt die Stirn und wirft einen kritischen Blick auf Sabine Neudahls Hände, die immer noch die Tastatur halten.

„Ach die – die ..." Sie scheint einen Augenblick zu überlegen.

„Die habe ich mit meiner Handtasche fast von Ihrem Schreibtisch gefegt." Vorsichtig legt sie die Tastatur ab, als handle es sich um einen Karton mit rohen Eiern.

Für einen Moment schauen sich beide unschlüssig an, ehe Michael Wagner die Initiative übernimmt.

„Ich meine zu wissen, wofür Sie sich entschuldigen wollen und möchte die Angelegenheit nun auf sich beruhen lassen – auch wenn ich mir überhaupt nicht erklären kann ..."

Er schüttelt heftig den Kopf.

„Aber lassen wir das!"

Sabine Neudahl starrt ihr Gegenüber mit offenem Mund an – unfähig, auch nur ein einziges Wort zu erwidern.

Wie gerne hätte sie ihm – was sie sich eigentlich schon längst verboten hat – einmal ihre heimliche Bewunderung offenbart. Zumindest aber könnte er sich anhören, wie schlecht es ihr geht.

Doch jetzt fühlt sie sich gedemütigt von dem Mann, den sie bis zum Ärger mit der Klasse 10b im Stillen so geschätzt hat.

Ihre Augen verengen sich zu Strichen, während sie die Lippen bis zur Blutleere aufeinanderpresst.

Ich werde dich nur noch hassen können und du wirst für dein Verhalten büßen müssen.

„Frau Neudahl?" Michael Wagners Stimme erscheint ihr unendlich weit entfernt zu sein und schafft es nicht, sie aus ihren Gedanken zu reißen.

Dir wird es noch leidtun, mich nicht besser behandelt zu haben.

„Frau Neudahl, ist noch irgendetwas?" Der Oberstufenleiter empfindet die Situation mittlerweile mehr als sonderbar – nahezu gefährlich. Immerhin ist er mit dieser Person, die ihn so dreist beschuldigt hat, wieder alleine im Büro.

Erst als er entschlossen zur Tür geht und diese öffnet, schreckt die Angesprochene auf und folgt ihm auf den Fuß.

„Eigentlich wollte ich", sagt sie im Vorübergehen, ohne den Mann an der Tür eines Blickes zu würdigen.

„Aber lassen wir das!"

„Halt, Frau Neudahl!" Michael Wagner bückt sich, hebt einen weißen Briefumschlag vom Boden auf und winkt damit der Davoneilenden hinterher.

„Den haben Sie gerade verloren."

Kaum hat er ausgesprochen, da hat die Kollegin auch schon kehrtgemacht und reißt ihm förmlich den Umschlag aus der Hand. Ohne noch ein Wort zu verlieren, stöckelt sie durch den Schulflur davon.

Mit einer auf die Stirn geschriebenen Mischung aus Unverständnis und Unmut schaut Studiendirektor Wagner ihr noch eine Weile hinterher.

Hilferufe

Heute ist Sabine mit dem eigenen Wagen zur Schule gefahren. Dies will sie in Zukunft möglichst beibehalten, obwohl die Hinfahrt im Morgendunkel ihr in der gegenwärtig angespannten Situation mehr abverlangt, als sie eigentlich zu meistern in der Lage ist. Aber stattdessen die Anwesenheit Friedrichs während einer gemeinsamen Fahrt zu ertragen, empfindet sie als das größere Übel – zumal dieser über ihre Ankündigung scheinbar hocherfreut gewesen ist.

Den Unterrichtstag hat sie mehr schlecht als recht hinter sich gebracht – doch die anschließende Begegnung mit dem Oberstufenleiter Wagner in dessen Büro will ihr auf dem Weg zum Parkplatz immer noch nicht aus dem Kopf gehen.

Er wird sicher im Kollegium über mich herziehen – wenn er es nicht schon längst getan hat, sagt sie sich. *Wenn er auch noch meinen Vorwurf und das anschließende Zurückrudern ausplaudert, dann ist für mich die Blamage an der Schule perfekt.*

Ein tiefer Seufzer entfährt ihrem Mund, während sie, nachdem sie an ihrem Wagen angelangt ist, die Schultasche in den Kofferraum stellt.

„War der Tag denn wirklich so schlimm?"

Sabine muss sich gar nicht umdrehen, denn die warme Stimme hinter ihrem Rücken erkennt sie mittlerweile auch so. Sie nickt energisch mit dem Kopf.

„Ja – das war er, Herr Ackermann."

Mit einem kräftigen Ruck knallt sie die Kofferraumklappe zu und wendet sich an den Hausmeister.

„Und besser werden die nächsten auch nicht sein."
Sabine kämpft mit den Tränen.

Philipp Ackermann krault sich nachdenklich den Bart.

„Na ja - dagegen sollten wir etwas tun. Wir könnten zum Beispiel morgen wieder eine Runde mit Leo drehen."

Als sich Sabines Blick etwas aufhellt, fährt er fort: „Er ist ja nach wie vor bei uns in Pension. Und anschließend ..."

Mit einem schelmischen Lächeln schaut sich der Hausmeister nach allen Seiten um, als wolle er sich vergewissern, dass ihm auch ja niemand zuhört.

„Und anschließend zeige ich Ihnen meine Weinsammlung, die ich im Schulkeller verstaut habe."

Er führt die gebündelten Fingerspitzen der rechten Hand zu einem symbolischen Kuss an seine Lippen.

„Es sind einige echt leckere Tropfen darunter."

Seinem erwartungsvollen Blick weicht Sabine aus. Die Unsicherheit ist ihr ins Gesicht geschrieben.

„Ich weiß nicht so recht."

Einerseits wäre es schön, mit Philipp Ackermann wenigsten **einen** Gesprächspartner im schulischen Umfeld zu haben. Andrerseits wäre ihr Ruf im Kollegium gänzlich ruiniert, wenn herauskäme, dass sie sich mit einem einfachen Hausmeister trifft. Ganz zu schweigen von der Szene, die Friedrich ihr sicher machen würde.

Aber diese Bedenken kann sie jetzt unmöglich gegenüber dem auf eine Reaktion wartenden Mann äußern.

„Was sagt denn Ihre bessere Hälfte dazu, wenn Sie mit einer wildfremden Frau spazieren gehen?"

Der Gefragte kratzt sich am spärlich behaarten Schädel.

„Na ja – wildfremd ist mir aus dem Lehrerkollegium eigentlich niemand mehr. Ich heiße übrigens Philipp."

Wieder keine prompte Reaktion seitens der Frau vor ihm. Philipp Ackermann blickt irritiert auf den Autoschlüssel, den sie nervös zwischen den Händen hin und her wandern lässt.

„Außerdem tue ich meiner Frau ja einen Gefallen. Immerhin ist Leo der Hund **ihrer** Schwester."

„Ich muss jetzt los!" Mehr bekommt Sabine nicht über die Lippen. Und das ist auch noch geschwindelt, denn sie weiß selbst ganz genau, dass zu Hause niemand auf sie wartet.

Sie öffnet die Fahrertür und dreht sich noch einmal nach dem Hausmeister um.

„Ich heiße übrigens Sabine." Dann lässt sie sich in den Sitz fallen, schließt die Autotür und startet den Motor.

Während der Golf vom Parkplatz auf die Straße einbiegt, schaut Philipp Ackermann mit offenem Mund und einem zaghaften Winken der Davonfahrenden hinterher.

Bald ist sie reif.

Der Blick in den Rückspiegel lässt Sabine für einen Moment ihren Kummer vergessen.

Ein Spaziergang mit ihm und Leo wäre sicher sehr schön. Aber ...

Sie seufzt und schon dreht die Achterbahn ihrer Gedanken wieder bedrohliche Loopings, während sie stadtauswärts fährt.

Hoffentlich ist Friedrich noch nicht zu Hause!

Als ihr Mann vor einigen Tagen regelrecht genüsslich zum ersten Mal das Wort „Scheidung" in den Mund genommen hat, haben in ihr alle Alarmglocken geläutet. Seitdem geht sie Friedrich möglichst aus dem Weg, um ihm ja keinen weiteren Grund zu liefern, seine Drohung in die Tat umzusetzen.

Nicht dass sie groß an ihm hängen würde – aber ihren Eltern dürfte sie dann nicht mehr unter die Augen kommen. Und überhaupt wäre ihr wirtschaftlicher und sozialer Abstieg damit besiegelt.

„Hoffentlich, hoffentlich!", versucht sie laut ihre aufkommende Angst im Zaum zu halten.

Auch der bevorstehende Elternsprechtag will ihr einfach nicht aus dem Kopf gehen. Allein die Fülle an Gesprächsterminen, die sie für die Elternschaft der 10 b vergeben musste, hat die Besucherliste bis auf einen verschwindend kleinen Rest gefüllt.

Was wollen die eigentlich alle von mir? Da steckt bestimmt diese Lana Freund dahinter. Sabine tritt wütend auf das Gaspedal.

Oder ihr verdammter Klassenpapa Wagner, der sowieso nichts auslässt, um mich fertigzumachen. Der sich steigernde Pulsschlag dröhnt in ihren Schläfen.

Das Quietschen der Autoreifen reißt Sabine aus ihren Gedanken. Die mittlerweile doch recht kurvenreiche Strecke des Nachhauseweges erfordert von ihr mehr an Aufmerksamkeit und Konzentration, als sie jetzt zu geben in der Lage ist.

Deshalb stoppt sie ihren Golf bei der nächsten Gelegenheit – einem unmittelbar an der Straße gelegenen Ausflugslokal – und rangiert ihn ungeschickt auf den Gästeparkplatz. Fast hätte sie dabei einen Laternenpfahl gerammt.

Weit und breit ist kein Mensch zu sehen. Sabine atmet tief durch und schließt die Augen. Sie kennt das Lokal aus glücklicheren Tagen mit Friedrich und weiß, dass es über den Winter nur an Wochenenden geöffnet hat. So muss sie nicht befürchten, hier in den nächsten Minuten jemandem zu begegnen.

Sie klappt die Sonnenblende nach unten und betrachtet sich im darin integrierten Spiegel. Ihre Wut hat sich zwar etwas gelegt, aber die Röte in ihrem Gesicht will nicht verblassen. Wie denn auch?

Angst und Verzweiflung sitzen gleich neben ihr auf dem Beifahrersitz und von hinten hört sie die Stimme ihres Vaters.

War unsere kleine Sabine wieder mal ein böses Kind?

„Nein, nein, nein!", schreit Sabine in den Spiegel und trommelt mit beiden Fäusten auf das Lenkrad. Es ist ihr, als würden starke Männerarme ihren Oberkörper umklammern, um sie am Atmen zu hindern.

Ich muss hier raus!

Mit einem Ruck löst sie den Sicherheitsgurt und springt aus dem Wagen. Die kalte Winterluft tut ihr gut.

Ohne sich die Pelzjacke vom Rücksitz zu holen, geht sie in Richtung des unmittelbar hinter dem

Parkplatz verlaufenden Wander- und Fahrradweges. Dieser verbindet entlang des kleinen Flusses die Kreisstadt mit ihrem Wohnort.

Sabine schaut sich um. Immer noch ist keine Menschenseele zu sehen. Sie lauscht dem Fließen des Wassers, das – wie meist in dieser Jahreszeit – den für gewöhnlich recht beschaulichen Fluss bedrohlich hat anschwellen lassen.

Ein paar Schritte nur – und schon steht Sabine mit beiden Füßen am Ufer vor den sich nun doch lauter gebärdenden Wassermassen.

Wenn ich jetzt um Hilfe rufen müsste, würde mich wohl niemand hören.

„Hilfe! Hiiilfe!"

Es scheint, als wolle sie ihren Gedanken sofort einem Test unterziehen. Und der fällt natürlich so aus, wie sie es befürchtet hat.

Bei diesen Temperaturen geht hier doch keiner spazieren, ermahnt sie ihr Verstand.

Ohne Pelzjacke fröstelt Sabine vor Kälte, als sie plötzlich ein Geräusch hinter sich hört. Sie blickt zur Straße, auf der sich ein schwarzer PKW aus Richtung Kreisstadt nähert.

Ob mich ein Autofahrer hören ka...

Jäh bricht sie sich diesen Gedanken ab.

Das ist ja Friedrich!

Sie meint das Gesicht des Mannes im Audi A6 erkannt zu haben. Ein Blick auf das Kennzeichen gibt ihr die letzte Gewissheit: Friedrich Neudahl ist auf dem Nachhauseweg.

Hoffentlich sieht er meinen Wagen nicht, denkt sich Sabine, während sie instinktiv in die Hocke geht.

Sie weiß nur allzu gut, dass den aufmerksamen Augen ihres Mannes eigentlich nichts entgeht und atmet erleichtert auf, als der Audi mit unveränderter Geschwindigkeit ihr Blickfeld verlassen hat.

Nur wenige Minuten später steigt die frierende Frau in ihren Wagen, startet den Motor und stellt die Klimaanlage auf Maximaltemperatur, bevor sie im Schritttempo vom Parkplatz in Richtung Nachhause auf die Landstraße einbiegt. Sie hat es jetzt nicht mehr eilig.

Tiefkühlpizza

Es geht still zu im Esszimmer der Neudahls. Die heimgekehrten Eheleute sitzen sich gegenüber am Tisch und verspeisen schweigend Tiefkühlpizzen, die Sabine auf die Schnelle in den Backofen geschoben hat.

Für Friedrich scheint dies ein Unding zu sein - kaut er doch betont lustlos auf einem Stück „Quattro Stagioni" herum. In seinen Augen hat sich Sabine bisher – was die Essenszubereitung anbelangt – trotz aller Beziehungsschwierigkeiten noch um Normalität bemüht.

„Warum bist du heute so spät aus der Schule gekommen?"

Sabine kennt den prüfenden Blick, der gewöhnlich auf eine solche Frage folgt und schaut deshalb stur auf ihren Teller.

„Soll das etwa ein Verhör sein?"

Sie ist von ihrer mutigen Reaktion selbst überrascht und traut sich noch mehr, als sie das Trommeln von Friedrichs Zeigefinger auf der Tischplatte registriert.

„Dann sollte ich mir am besten einen Anwalt nehmen."

Friedrich lässt Messer und Gabel auf seinen Teller fallen.

„Jetzt hör mal genau zu und schau mich gefälligst an, wenn ich mit dir rede."

Sabine, die an ihm diesen kompromisslosen Ton schon immer gefürchtet hat, hebt zögernd den Kopf.

Ihr Gegenüber bemüht sich, nicht den letzten Rest an Beherrschung zu verlieren, sondern betont sachlich zu wirken.

„Was den Anwalt anbetrifft, hast du gar nicht so Unrecht."

Friedrich räuspert sich kurz, bevor er fortfährt.

„Nimm dir einen, denn ich will die Scheidung so bald wie möglich."

Auch im Hause Wagner gibt es heute Mittag Tiefkühlpizza. Eva hat am Morgen Michael gebeten, nach Unterrichtsschluss noch schnell in den Supermarkt zu springen und eine Familienpizza „Salami" zu kaufen.

Den Jungs am Tisch scheint es zu schmecken. Simon und die zehnjährigen Zwillinge Leo und Toni legen jedenfalls ein Tempo an den Tag, als müssten sie um die Wette kauen und schlucken.

„Ihr braucht euch nicht zu beeilen – es ist genug für alle da."

Die Jungen schauen die Mutter ungläubig an und stopfen sich weiterhin die Pizzastücke in ihre Münder.

„Sie glauben dir einfach nicht, Eva", wirft Michael lächelnd ein.

„Schließlich sind wir Männer von dir ja kein Fertiggericht aus dem Supermarkt als Mittagessen gewohnt."

Die Söhne nicken beipflichtend, ohne das Kauen zu unterbrechen. Sie kennen es nicht anders, als dass ihre Mutter vormittags zu Hause ist und für sie etwas Leckeres – vor allem aber Frisches – kocht.

Allerdings hat Eva vor ihrer Heirat ganztags als angestellte Psychotherapeutin gearbeitet. Ihren ursprünglichen Plan, sich selbstständig zu machen, hat sie dann später der Familienplanung geopfert. Seit Simons Geburt hilft sie nur noch stundenweise nachmittags in der Praxis ihres früheren Arbeitgebers aus. Und diese Zeit ohne familiäre Pflichten möchte sie nicht mehr missen.

Aber Michaels Bemerkung über das Mittagessen und das Verhalten der Kinder findet Eva gar nicht lustig. Schließlich hat die Angelegenheit ja einen Grund – einen ganz besonderen Grund.

„Eigentlich wollte ich euch …", sagt sie in die Runde und steht auf.

„Aber lassen wir das!"

Mit ihrem Teller in der Hand verschwindet sie in der Küche.

„Jetzt ist Mama sauer", stellt Leo fest.

„Und du bist schuld, Papa!", ergänzt ihn sein Zwillingsbruder Toni.

Nur der Erstgeborene Simon sagt nichts. Er hat aber das Besteck niedergelegt und schaut aus seinen strahlend blauen Augen den Vater erwartungsvoll an.

„Ich gehe ja schon", brummt Michael – wohl wissend, dass sein Einsatz nun gefordert ist.

„Und ihr verschwindet bitte, wenn ihr eure Teller geleert habt, in eure Zimmer."

Evas Bemerkung „Aber lassen wir das!" klingt noch in seinen Ohren – haben sich doch heute Morgen Frau Neudahl und er ähnlich geäußert.

Ein typischer Kommunikationskiller, sagt er sich auf dem Weg zur Küche.

So wie etwa ‚Das kann doch nicht dein Ernst sein!'.

Er öffnet die Küchentür und verkündet in den Raum: „Und das habe ich alles von dir gelernt."

Eva, die aus dem Fenster schaut, dreht sich verblüfft um.

„**Was** hast du von mir gelernt?"

Sie wischt sich mit dem Zeigefinger ein paar Tränen aus den Augenwinkeln.

Michael legt seine Arme um Evas Oberkörper, drückt sie an sich und streichelt zärtlich über ihren Rücken.

„Ich habe von dir gelernt, dass eine gute Kommunikation kein Selbstläufer ist, sondern täglich geübt und gepflegt werden muss."

Er macht eine Pause, löst seine Umarmung und schaut Eva in die Augen.

„Und heute habe ich darin versagt. Es tut mir leid, so dumm über das Essen geredet zu haben – und das noch vor den Kindern. Kannst du mir verzeihen?"

Eva nickt stumm.

„Magst du mir denn jetzt erzählen, was du eben mit ‚eigentlich wollte ich' angedeutet hast?", fährt Michael erwartungsvoll fort.

Sein Gegenüber hat ein zaghaftes Lächeln wiedergefunden.

„Es ist so – ich hatte vormittags einen Termin bei meinem Gynäkologen ..."

„Aber warum hast du mir davon nichts gesagt?", unterbricht Michael seine Frau.

„Pssst!". Eva legt ihren Zeigefinger auf seine Lippen.

„Erstens hast du zurzeit mit der Schule genug um die Ohren und zweitens sollte es eventuell eine Überraschung werden."

Sie blickt ihren Partner mit einem vielsagenden Lächeln an.

Der stutzt einen Augenblick, bevor er stammelt: „Bi – bi – bist du etwa schwanger?"

„Ja". Eva strahlt über das ganze Gesicht. „Und das mit fünfundvierzig Jahren!"

Da Michael kein Wort über die Lippen kriegt, fügt sie hinzu: „Du brauchst gar nicht so zu staunen. Schließlich bist du maßgeblich daran beteiligt!"

„Schatz, es ist nur die Riesenfreude, die mich sprachlos macht."

Wieder nimmt Michael seine Liebste in die Arme und wiegt sie hin und her.

„Du darfst es nachher den Kindern sagen", erklärt Eva und windet sich geschickt aus der Umarmung.

„Ich muss mich jetzt schleunigst fertigmachen – sonst komme ich zu spät zur Arbeit."

„Ach – das habe ich total vergessen."

Michael schlägt sich mit der flachen Hand auf die Stirn.

„Wie lang bleibst du heute?", ruft er Eva hinterher, die sich schon auf den Weg in den Hausflur gemacht hat.

Es dauert eine Weile, bis sie – mit Jacke und Mütze bekleidet – noch einmal den Kopf durch die geöffnete Tür in die Küche steckt.

„In drei Stunden bin ich schon wieder zurück, denn eine Patientin hat abgesagt. Tschüss mein Lieber."

Sie spitzt die Lippen zu einem Kuss, den Michael ihr auch gleich mit einem liebevollen Lächeln schenkt.

Er verfolgt noch durch das Küchenfenster, wie seine Frau ins Auto steigt und mit einem ihm gewidmeten kurzen Winken davonfährt.

Ob es diesmal wohl ein Mädchen wird?, geht es ihm durch den Kopf.

Ohne dass er sich dagegen wehren kann, erscheint ihm die Vormittagsszene mit der Kollegin Neudahl vor dem inneren Auge. Mitleid kann er für diese Frau nicht mehr empfinden. Im Gegenteil.

Wenn sie mir noch einmal zu nahe tritt, kann ich für nichts garantieren.

Er schüttelt, während er die Tür zum Flur öffnet, heftig den Kopf, als wolle er auf diese Weise den Gedanken wieder loswerden.

„Simon, Leo, Toni – kommt mal bitte runter in die Küche."

Eine Affäre?

Der Schulkeller, in den Philipp Ackermann seine Begleiterin geführt hat, diente während des Zweiten Weltkrieges als Luftschutzraum für die städtische Bevölkerung.

Sabine Neudahl ist von der geheimnisvollen Atmosphäre in den altehrwürdigen Gewölben so beeindruckt gewesen, dass sie nicht auf die Idee gekommen ist, nach dem Spaziergang mit Collie Leo zu fragen. Denn davon hat ihr Freund nicht mehr gesprochen, als er sie in den Weinkeller geführt hat.

Ja – ihren Freund und Liebhaber will sie den Hausmeister heute schon nennen. Würde sie sich ihm sonst derart präsentieren?

Ihre Strumpfhose ist runtergezogen, der Slip hängt gespannt in den Kniekehlen der gespreizten Beine und auf ihren – dank des über die Hüften hochgeschobenen Rockes – freigelegten Pobacken ruhen die kräftigen Hände des Hausmeisters.

Philipp Ackermann, der heute vorsorglich auf Unterwäsche verzichtet und sich jetzt nur den Schlitz seiner Cordhose geöffnet hat, rammt seinen Penis in gleichmäßigem Takt von hinten in den nach seiner Ansicht willigen weiblichen Unterleib.

Während Sabine sich auf ein Weinregal stützt, empfängt sie jeden der kräftigen Beckenstöße mit einem lauten Aufstöhnen.

„Philipp, geht es auch etwas zärtlicher?"

Doch der Mann hinter ihr kennt kein Erbarmen und steigert sogar noch Wucht und Tempo seines schlüpfrigen Tuns derart, dass auf den Regalbrettern die Weinflaschen im gleichen Rhythmus klirrend aneinander stoßen.

Warum nur beeilt er sich so? Fürchtet er vielleicht, dass ich es mir wieder anders überlegen könnte?

Sabines Gedanken drohen abzuschweifen.

Ja – sie hat sich von Philipp regelrecht übertölpeln lassen. Als er ihr nach dem ersten Schluck Wein einen Kuss aufdrängte, reagierte sie schüchtern wie ein Schulmädchen.

Auch zeigte sie sich noch zögerlich, wie er nach dem Leeren des zweiten Glases ihr seine Zunge in den Mund zwängte.

Aber als er seine kräftigen Arme um ihren Oberkörper schlang und sie seine warmen Hände auf ihrem Rücken und Po spürte, war es um sie geschehen.

Und diese Hände sind es auch, die Sabine jetzt aus ihren Gedanken reißen.

Philipp schiebt seine Pranken unter ihre Bluse und umfasst mit festem Griff die beiden im BH wippenden Brüste. Dabei beugt er sich nach vorne und brummt ihr genüsslich ins Ohr.

„Süßer die Glocken nie klingen!"

„Bitte nicht so grob!", klagt Sabine, um allerdings gleich darauf, als die Hände in die BH-Körbchen auf ihre nackte Haut gleiten, lustvoll aufzustöhnen.

Philipp erhöht die Taktfrequenz seiner Stöße.

„Na – das gefällt dir doch, meine wilde Stute", feuert er die Frau vor sich an.

„Du hast wohl schon lange keinen Hengst so in dir spüren können."

Ein geseufztes „Jaaaa" hallt durch das Kellergewölbe.

„Mach 's mir so richtig, Philipp!"

Sabine erschrickt über ihre eigene Stimme.

„Jetzt ruhig fester – ja so – und tieeeeefer!"

Noch nie sind ihr derartige Worte über die Lippen gekommen. Wenn das ihr Vater wüsste! Und an den letzten Sex mit Friedrich kann sie sich sowieso kaum erinnern.

Was soll 's? Mit Philipp darf ich endlich wieder ganz Frau sein. Was heißt ‚wieder'? Zum ersten Mal ...

Aber ehe die Gedanken Sabine von ihrem langsam aufkommenden Wohlgefühl abzulenken drohen, konzentriert sie sich lieber auf das Treiben ihres Freundes.

Der scheint schon das Finale einläuten zu wollen, indem er die Schlagzahl seiner Stöße derart erhöht, dass er kaum noch mit dem Atmen hinterherkommt.

„Du – musst – bei – mir – nicht – die – fei – ne – Da – me – spie – len", spornt er mit gepresster Stimme Sabine im Takt seiner Bewegungen an.

„Sag – nur – was – ich – mit – dir – jetzt – ma – chen – soll!"

Der Schweiß auf seiner Stirn fließt in Strömen und tropft von der Nasenspitze auf Sabines nackten Hintern, der von den zupackenden Händen mittlerweile tiefrote Gebrauchsspuren aufweist.

„Fuck me, fuck me!", tönt es widerhallend durch das Dunkel des Kellerraums. Sabine wirft den Kopf in den Nacken und lässt ihren Unterleib nun heftige Gegenstöße vollführen.

Und schon bäumt sich Philipp auf und sinkt – lautstark wie ein brünstiger Hirsch röhrend – mit seinem massigen Oberkörper auf ihren Rücken.

Sabines Beine zittern – versagen ihr fast den Dienst, während sie flehend schreit: „Please don't stop! Fuck meeeee!" Das Weinregal droht umzustürzen.

Aber mit einer Fortsetzung des Schauspiels kann ihr der Akteur wohl nicht länger dienen. Oder will er etwa nicht?

Jedenfalls wischt er sich wortlos mit einem Papiertaschentuch den erschlafften Penis ab, verstaut ihn wieder in seine Cordhose und knippst am Schalter neben der Tür das Raumlicht an.

„Was ist los, Philipp?" Sabine stützt sich immer noch auf das Weinregal und dreht ihren Kopf nach hinten zu ihrem Liebhaber, während sich vor ihren Augen eine recht große Spinne von der Kellerdecke abseilt. „Wie eklig!"

„Was soll schon groß los sein?", brummt der Gefragte und kratzt sich am Schädel.

„Na ja, ich hab dich mal ordentlich durchgefickt."

War 's das schon?, denkt sich Sabine und richtet sich auf.

„Aber können wir nicht weiter ..."

„Nein", unterbricht sie Ackermann. „Für heute ist Schluss!" Er macht ihr dabei nicht gerade einen verliebten Eindruck.

„Und nicht nur für heute!", murmelt er sich in den Bart.

Sabine lässt sich nicht anmerken, dass sie auch die letzten Worte gehört hat, obwohl sie die Ankündigung schon sehr irritiert. Doch ihre Frustration über das abrupte Ende der Ackermannschen Bemühungen kann und will sie nicht verbergen.

„Ach so – Hauptsache der Herr hatte heute seinen Spaß! Und was ist mit mir?"

Trotzig bringt sie ihre Kleidung in Ordnung, während sie im Stillen darauf hofft, in die Arme genommen zu werden.

Aber ihr Gegenüber denkt nicht daran – im Gegenteil. Er scheint durch ihre Bemerkung in seinem männlichen Stolz getroffen worden zu sein.

„Na ja, wenn ich der Frau Oberstudienrätin nicht genügt habe und sie es sogar eklig gefunden hat, dann kann sie sich ja zu Hause von ihrem Alten weitervögeln lassen."

Der Satz hat gesessen. Die Tränen schießen in Sabines Augen.

Und ich dachte, dass ich in ihm jemanden gefunden habe, dem ich mich anvertrauen kann.

„Bring mich hier raus!"

Ein Anflug von Verlegenheit huscht über das Gesicht des Angesprochenen, bevor er ein paar Schritte vorausgeht.

„Wenn ich mich eben etwas grob ausgedrückt habe, dann tut mir das leid."

Er dreht sich nach Sabine um, die – am Weinregal lehnend – immer noch um Fassung ringt.

„Aber vielleicht erwartest du zu viel von mir", fährt er fort.

„Unser Fick soll eine einmalige Angelegenheit bleiben, denn eine Affäre mit einer Paukerin kann und will ich mir nicht leisten. Schließlich möchte ich meinen Job behalten. Außerdem bin ich verheiratet."

Einige Augenblicke später fällt die schwere Stahltür ins Schloss, die den Keller vom Flur im Untergeschoss der Schule trennt. Philipp Ackermann bleibt dort noch so lange stehen, bis Sabine Neudahl die

Türen der beiden in dieser Etage liegenden Zeichen-säle passiert hat und an der Ecke zum Aufgang ins Treppenhaus aus seinem Blickfeld verschwunden ist.

4. Elternsprechtag

Wetten, dass ...?

Es herrscht ein reges Treiben im Lehrerzimmer des Prinz-Maximilian-Gymnasiums. Während der großen Pause nutzen die Lehrkräfte – wenn sie nicht gerade Schulhofaufsicht haben – die Zeit zur persönlichen Regeneration und für Gespräche untereinander.

Am Tisch der Fachschaft Mathematik findet ein regelrechter Wettbewerb in Sachen Elternsprechtag statt.

„Wetten, dass ich von allen hier am Tisch die meisten Gesprächstermine morgen habe?"

„Wie viele denn?"

„Einundzwanzig!"

„Bei mir haben sich aber fünfundzwanzig Eltern in die Liste eingetragen."

Die beiden wetteifernden Junglehrer werden von ihrer Kollegin Nora Graf belächelt.

„Dann solltet ihr mal einen besseren Unterricht halten, damit die Eltern weniger Redebedarf haben."

Mit einem Augenzwinkern hält sie die eigene Sprechtagsliste hoch, auf der nur fünf Einträge zu sehen sind.

„Lasst euch nicht an der Nase herumführen!", mischt sich von hinten eine Stimme in das Gespräch ein. Michael Wagner ist an den Tisch getreten und blickt suchend in die Runde.

„Die verehrte Kollegin Graf hat ihre Unterrichtsverpflichtung auf die halbe Stundenzahl reduziert", erklärt er.

„Und als Mathelehrer könnt ihr" – er schaut kurz die beiden jungen Männer an – „selbst die richtigen Schlüsse daraus ziehen."

Dann lässt er seinen Blick wieder über die Köpfe vor ihm hinweg durch den Raum schweifen.

Nora Kraft lacht.

„Ihr müsst nicht alles glauben, was euch unser seltener Gast erzählt." Bedeutungsvoll tippt sie mit dem Zeigefinger auf ihren Terminzettel.

„Das ist das Ergebnis langjähriger Erfahrung!"

Sie dreht ihren Kopf und schaut zu dem hinter ihr stehenden Oberstufenleiter auf.

„Wen suchst du denn, Michael?"

„Niemanden. Ich möchte mich nur vergewissern, ob auch alle Kolleginnen und Kollegen, die in meiner 10b unterrichten, noch munter und fit sind."

Michael Wagner blickt hoch zur Empore und nickt zufrieden mit dem Kopf.

„Ich habe nämlich für heute nach der sechsten Stunde eine Klassenkonferenz angesetzt."

Er nimmt auf dem freien Stuhl neben Nora Graf Platz und erklärt: „Ich bin zwar nur Ersatzklassenlehrer, möchte aber gerne vor dem Elternsprechtag morgen das Stimmungsbild ermitteln – insbesondere was meinen syrischen Flüchtling Raduan Ganem anbetrifft."

„Der Name sagt mir etwas", bemerkt die Mathematikkollegin.

„Lana Freund hat mich in meiner Eigenschaft als Vertrauenslehrerin angesprochen, weil sie – und eben dieser Junge – sich von der Kollegin Neudahl ungerecht behandelt fühlen."

Michael Wagner nickt kaum merklich und denkt sich dabei: *Eigentlich könnte sich die **gesamte** 10b bei dir beschweren.*

Inzwischen haben die beiden jungen Fachkollegen den Tisch verlassen. Nora Graf schaut nach allen Seiten, um sich zu vergewissern, dass auch wirklich niemand mehr in der Nähe ist, bevor sie mit gesenkter Stimme erklärt: „Eigentlich könnte sich die **gesamte** Klasse bei mir beklagen."

Ihr Sitznachbar zuckt zusammen – und dies nicht nur, weil er sich mit seinen Gedanken ertappt fühlt. Sabine Neudahl hat die Empore verlassen und steuert mit schnellen Schritten geradewegs auf den Mathematikertisch zu, der sich unmittelbar vor der Lehrerzimmertür befindet.

„Wetten, dass die Neudahl ..." Nora Graf spricht nicht weiter – hat doch auch sie die heraneilende Kollegin aus den Augenwinkeln registriert.

„Sie hat dich bestimmt über sich reden gehört", stellt Michael Wagner fest, nachdem die Englischlehrerin am Tisch vorbeigerauscht und hinter der Lehrerzimmertür verschwunden ist.

„Wie kommst du darauf?", will Nora Graf wissen.

„Ich hab 's an ihrem Gesichtsausdruck gesehen", erwidert der Gefragte.

„Den habe ich nämlich zur Genüge kennenlernen dürfen – besser gesagt – kennenlernen **müssen**."

Michael Wagner steht von seinem Sitzplatz auf.

„Ich muss nun ins Büro." Er schaut sich kurz nach allen Seiten um.

Was ist nun mit deiner Wette, Nora?"

Sein Gegenüber erhebt sich auch vom Stuhl und flüstert ihm ins Ohr: „Ich wette, dass die Neudahl morgen fehlen wird. Sie weiß doch selbst, dass sich der Eltern**sprech**tag für sie als Eltern**schimpf**tag entpuppen würde."

Natürlich hat Sabine Neudahl bemerkt, dass am Tisch der Mathematiker über sie geredet wurde.

Jetzt hetzt er noch den letzten Rest des Kollegiums gegen mich auf, denkt sie sich auf ihrem Weg zum Klassenraum der 10b.

„Als ob ich an dieser Anstalt mit den Schülern nicht schon genug gestraft wäre!", flucht sie laut vor sich hin.

In diesem Moment kommen ihr zwei Oberstufenschüler entgegen und schauen sich belustigt an.

„Hat die etwa uns gemeint?", fragt der größere der beiden jungen Männer, als er meint, die Englischlehrerin weit hinter sich gelassen zu haben.

„Nee, nee", antwortet der andere mit einem breiten Grinsen.

„Die Neudahl spinnt nur und führt jetzt schon Selbstgesprä..." Das Wort bleibt ihm im Halse stecken, als er über die Schulter nach hinten blickt.

Sabine Neudahl hat auf ihrem Weg noch einmal umgedreht, um den Toilettenraum neben dem Lehrerzimmer aufzusuchen.

Zwei Hände voll kalten Wassers ins Gesicht – durchatmen – Frisur und Makeup in Ordnung bringen. Auf dieses Rezept greift sie immer zurück, wenn sie meint, den Unterrichtstag sonst nicht überstehen zu können.

Und nun muss sie diesem unverschämten Exemplar eines Schülers in die Visage gucken. Wie gerne würde sie ihn zur Rede stellen, aber sie spürt, wie ihr das Blut in den Kopf steigt und sich darin alles zu drehen beginnt.

Sie stoppt ihre schnellen Schritte, lehnt sich mit dem Rücken an die Flurwand und schließt – schwer atmend – die Augen.

Ich halte das nicht mehr aus!

„Ich sage ja – die Frau spinnt!" Der junge Mann hat seine Sprache wiedergefunden und trottet mit seinem Kumpel weiter.

„Wetten, dass die Neudahl heute nicht mehr auftaucht?"

„Wieso? Ich hab sie doch eben noch gesehen."

„Ach Leute – ich frag jetzt einfach mal im Sekretariat nach."

In der 10b herrscht ein Tohuwabohu – wie meist vor der Englischstunde. Immer ist die Klasse dann aufgeregt im Unwissen, was ihr seitens der Lehrerin wohl blühen wird.

„Achtung – sie kommt!" Das Mädchen an der Tür huscht schnell in den Klassenraum, stellt sich hinter seinen Schülertisch und wartet – wie alle anderen – stumm auf das Eintreten der Angekündigten.

Aber die erscheint heute den Schülerinnen und Schülern ganz anders als sonst zu sein. Mit einer zaghaften Handbewegung signalisiert sie ihnen sich hinzusetzen, ohne dass sie das morgendliche Begrüßungsritual ertragen müssen.

Die Jugendlichen beugen die Köpfe über ihre Hefte – gespannt darauf, wer nun die Hausaufgabe vorlesen muss. Aber auch das fällt heute zunächst einmal flach.

Stattdessen verkündet Frau Neudahl mit ernster Miene: „I will give you the latest information about tomorrow's parents' day."

Sie kann sich ein Stöhnen nicht verkneifen, als sie meint auf den Schülerstirnen nur Fragezeichen zu entdecken.

„Also dann auf Deutsch: Ich gebe euch jetzt die letzten Informationen zum morgigen Elternsprechtag."

Anschließend trägt sie – wobei sie immer wieder in ein Notizbuch schaut – Punkt für Punkt eine an die Eltern gerichtete Liste mit Verhaltensregeln vor. Vom Appell zur Pünktlichkeit über das Unterlassen des Händeschüttelns bis hin zur Ablehnung jeglicher Diskussion über Unterrichtsinhalte und Notengebung reichen ihre Ausführungen.

„Macht euren Eltern klar, dass ich auf diese Regeln einen besonderen Wert lege und deshalb auf ihre Einhaltung bestehe."

Sabine Neudahl schaut in die Runde, als ob sie den Protest der Schülerinnen und Schüler erwarte.

Doch die verharren still auf ihren Sitzplätzen und wagen sich – immer noch das Vorlesen der Hausaufgabe befürchtend – weiterhin nicht aufzublicken.

Nur Lana Freund in der letzten Reihe schleudert patzig ihren Kugelschreiber auf die Tischplatte.

„Fuck! Dann kann man die Veranstaltung doch gleich Elternschweigtag nennen!"

Verwundert registriert sie, dass sich die Lehrerin heute offensichtlich nicht provozieren lässt. Im Gegenteil – Frau Neudahl wirkt heute sehr beherrscht, obwohl ihr eine innere Anspannung anzumerken ist. Derart konzentriert hat Lana ihre Englischlehrerin noch nie erlebt.

„Ich habe alles gründlich vorbereitet", fährt diese fort, „und werde den Eltern, die sich für morgen einen Termin reserviert haben, meine Eindrücke von ihrer Tochter beziehungsweise ihrem Sohn vortragen."

Sabine Neudahl macht eine Pause und schaut nachdenklich aus dem Fenster.

Ein Mädchen in der ersten Tischreihe, das sich inzwischen wieder traut aufzublicken, meint zu bemerken, dass die Lehrerin mit den Tränen kämpft.

Doch die fährt unbeirrt fort: „Und diejenigen, denen meine Informationen dann nicht genügen, können sich beim nächsten Sprechtag auf eine neue Lehrkraft in Englisch freuen."

Sie schaut in die Runde.

„Vorausgesetzt – ihr schafft die Versetzung in die Oberstufe!"

Und dann geschieht etwas, was die gesamte Klasse in ein stilles Erstaunen versetzt: Sabine Neudahl lächelt – wenn auch nur für einen Augenblick.

Anschließend atmet sie tief durch und erklärt: „Aufgrund der fortgeschrittenen Zeit verzichte ich auf das Vortragen der Hausaufgabe."

Lana schüttelt ungläubig den Kopf und flüstert zu ihrem Sitznachbarn und Freund Raduan: „Irgendetwas stimmt mit der Frau heute nicht."

Der junge Mann nickt beipflichtend – wohl hauptsächlich aus Freude darüber, dass ihm eine Blamage in Sachen Hausaufgabe erspart bleiben wird.

„Für den Rest der Stunde", verkündet die Lehrerin in einem ungewöhnlich ruhigen Ton, „schreibt ihr bitte auf, was euch an meinem Unterricht missfallen ha... – äh – missfällt und welche Verbesserungsvorschläge ihr habt."

Sagt es, packt ihre Unterlagen in die Schultasche und verlässt, ohne ein weiteres Wort zu verlieren, den Raum.

Hat die etwa ‚bitte' gesagt?, fragt sich Lana und posaunt laut in die Klasse: „**Darüber** kann ich ein ganzes Buch schreiben."

Die Schule füllt sich

Der Lehrerparkplatz des Prinz-Maximilian-Gymnasiums ist bis auf den letzten Quadratzentimeter besetzt. Auch in den angrenzenden Straßen sind ungewöhnlich viele Autos abgestellt. Den langjährigen Anwohnern ist diese Situation nicht fremd. Sie wissen: Heute ist Elternsprechtag am Gymnasium – wie immer am Freitag in der dritten Februarwoche eines Jahres.

Die ersten Eltern haben bereits das Schulgebäude betreten, obwohl die Sprechzeit erst in zwanzig Minuten – nämlich um 9 Uhr – beginnt. Die meisten Lehrkräfte sind daher noch nicht in den ihnen zugewiesenen Räumen, sondern weilen im Lehrerzimmer oder befinden sich sogar erst auf dem Weg zur Schule.

So auch Sabine Neudahl, die sich von ihrem Nochehemann vor das Schulgebäude fahren lässt. Sie setzt – könnte sie doch von Kollegen und Eltern beobachtet werden – ein freundliches Gesicht auf, obwohl sie auf Friedrich gar nicht gut zu sprechen ist.

„Muss ausgerechnet an eurem Elternsprechtag dein Wagen in der Werkstatt sein?", hatte er sie gefragt, als er erfuhr, dass sie von ihm mitgenommen werden wollte.

„**Gerade** an diesem Tag!", hatte sie erwidert. „Ich brauche kein Auto, wenn ich von morgens bis abends in der Schule hocke."

„Um 18 Uhr müsste ich fertig sein", verkündet Sabine, nachdem sie ausgestiegen ist, durch die geöffnete Beifahrertür.

Sie überlässt es Friedrich, selbst daraus seine Schlüsse zu ziehen. Doch der hat dazu nicht die geringste Lust und trommelt mal wieder ungeduldig mit dem Zeigefinger auf das Lenkrad.

Ohne ein weiteres Wort schlägt Sabine die Autotür zu, zieht sich den engen Rock ihres dunkelblauen Businesskostüms glatt und stöckelt in ihren schwarzen Pumps davon – aus den Augenwinkeln Friedrichs Verblüffung registrierend.

Am Informationsbrett, das nach dem Foyer gleich rechts um die Ecke an der Flurwand angebracht ist, drängen sich einige Eltern vor dem Raumverteilungsplan für den Sprechtag. Sabine Neudahl hält auf ihrem Weg zum Lehrerzimmer kurz dort an, um sich zu vergewissern, ob der ihr zugewiesene Raum sich nicht geändert hat.

Zunächst hatte sie sich geärgert, dass sie – nur weil sie keine Klassenlehrerin oder Lehrkraft mit Fachraum ist – in der Hausmeisterloge die Eltern empfangen soll. Aber dann fügte sie sich in ihr Schicksal, weil ihr die Kraft zur Beschwerde fehlte.

Und jetzt freut sie sich sogar insgeheim, auf der Liste zu lesen: „Frau Neudahl in Raum 102 (Hausmeisterkiosk)".

Direkt neben dem Übersichtsplan zum Elternsprechtag befindet sich auf dem Informationsbrett ein Bereich mit der Überschrift „Aus der Theater-AG".

So, so, denkt sich Sabine, während sie den Text auf dem darunter angehefteten Zettel studiert.

Frau Wichtig hat ausgerechnet für heute eine Theaterprobe angesetzt. Hat wohl keine Lust ...

„Darf ich gerade mal ans Info-Brett?", unterbricht eine Stimme ihre Gedanken.

„Ich muss noch die Uhrzeit für unsere heutige Theaterprobe nachtragen."

Die Frau im knallroten Strickkleid wartet erst gar nicht eine Antwort ab, sondern drängt sich nach vorn und notiert mit einem gezückten Boardmarker „16 Uhr" auf den Zettel vor ihr.

Sabine würde eigentlich dem in ihren Augen unverschämten Auftritt der Theater-AG-Leiterin mit Missachtung begegnen. Aber dass ausgerechnet ein Mitglied der Schulleitung am Elternsprechtag seinem Hobby frönt, will sie nicht kommentarlos akzeptieren. Außerdem konnte sie die allseits beliebte Orientierungsstufenleiterin noch nie leiden.

„Haben Sie denn nachmittags keine Elterntermine, Frau Deppe-Schäfer?"

„Wieso?", kontert die Angesprochene. „Beginnt für Sie der Nachmittag erst um 16 Uhr?"

Und ehe Sabine reagieren kann, fährt die Kollegin fort: „Übrigens habe ich schon um 8 Uhr begonnen und bereits vier interessante Elterngespräche hinter mir."

Die Frau in Rot wirft ihrem Gegenüber einen geringschätzenden Blick zu.

„Außerdem zeugt der Umstand, dass Sie bis auf die letzte Minute ausgebucht sind, nicht unbedingt von einem guten Unterricht."

Diese Spitze hat gesessen. Aber heute gelingt es Sabine erstaunlich leicht, sich nichts anmerken zu lassen, obwohl sie in Gedanken zum Gegenschlag ausholt.

Der Umstand, dass du meine persönliche Termin-liste ausspioniert hast, zeugt nicht unbedingt von einem vertrauensvollen Umgang unter Kolleginnen.

„Frau Deppe-Schäfer, sehen Sie es einfach als Zeichen meiner Beliebtheit in der Elternschaft an."

Sagt es und lässt die – mit offenem Mund doch recht verblüfft wirkende – Orientierungsstufenlei-terin am Informationsbrett zurück.

Sabine hat nicht mehr den dunkelhaarigen Mann in der leuchtorangenen Kluft der städtischen Müllab-fuhr bemerkt, der den Raumplan für den Eltern-sprechtag studiert.

„Kann ich Ihnen irgendwie weiterhelfen?", meint Frau Deppe-Schäfer und starrt dabei auf die Pfütze, die die Arbeitsschuhe des Mannes auf dem Flur-boden hinterlassen.

Doch der schüttelt lächelnd den Kopf.

„Viele Dank! Hab ich schon gefundet."

Er fischt aus seiner Jackentasche einen Kugel-schreiber und notiert sich etwas auf der Innenfläche seiner Hand.

Zu gerne hätte die Orientierungsstufenleiterin gewusst, was sich der Mann aufgeschrieben hat. Doch die Zeichen, die sie auf der Hand erspähen kann, sind ihr rätselhaft.

Offensichtlich ist ihr die Neugierde ins Gesicht geschrieben. Ohne dass sie ihn darum gebeten hätte, hält der Fremde seine Hand hoch und erklärt: „Ich muss heut in einhundertzwei – heut Mittag."

Frau Deppe-Schäfer lächelt verlegen, fühlt sie sich doch ertappt.

„Wo ist diese Raum?", will ihr Gegenüber wissen und fügt nach einer kurzen Pause noch „Bitte, bitte!" hinzu.

Die Gefragte räuspert sich zweimal, bevor sie erwidert: „Sie finden Frau Neudahl dort vorne."

Sie weist mit dem Zeigefinger der ausgestreckten Hand auf die gegenüberliegende Ecke, die das Foyer mit dem Flur bildet.

„Normalerweise sitzt dort der Hausmei..."

„Viele Dank", unterbricht sie der Besucher.

„Ich muss wieder schon. Draußen Kollege wartet mit Wagen."

Und schon verschwindet er mit schnellen, aber auch raumgreifenden Schritten um die Ecke in Richtung Ausgang.

Sabine Neudahls Schulschlüssel passt nicht in das Türschloss der Hausmeisterloge. Schließlich zählt dieser Raum zu jenen, in denen eine Lehrkraft nichts zu suchen hat. Aber daran hat sie nicht gedacht.

Mist! Da muss ich wohl oder übel Philipp suchen.

Sie drückt zur Kontrolle die Klinke herunter und siehe da – die Tür springt auf.

Aha! Der Gute wollte wohl einer Begegnung mit mir aus dem Weg gehen.

Nachdem Sabine den Raum betreten hat, zieht sie gleich das dunkelgrüne, blickdichte Rollo des zum Foyer gerichteten Fensters herunter. Durch dieses kann der Hausmeister – dank der verschiebbaren

Glasscheibe – in den großen Pausen Proviant an die Schülerschaft verkaufen.

Am heutigen Tag fällt der lukrative Nebenverdienst allerdings für Philipp Ackermann flach. Vorsorglich hat er die Warenvorräte in einem abschließbaren Stahlschrank verstaut.

So hat Sabine auf dem leergeräumten Verkaufstisch genügend Platz für ihre Unterlagen, die sie – fein säuberlich ausgerichtet – darauf ablegt.

Nach einem kurzen Blick auf die Armbanduhr ergreift sie ihre auf einem Hocker neben ihrem Stuhl abgestellte Handtasche. Sie befördert daraus eine kleine braune Glasflasche ans Tageslicht und betrachtet sie wohlgefällig – sich an den Hustensaft aus ihren Kindertagen erinnernd.

*Das wird meine Medizin für **heute** sein,* sagt sie sich, dreht die Schraubkappe ab und nimmt einen kräftigen Schluck. Sie muss sich schütteln.

Das haut aber heftig rein!

Sie greift erneut zur Handtasche, um sich schnell noch ein Pfefferminzbonbon in den Mund zu stecken, bevor das erste Elterngespräch beginnt. Dabei fällt ihr ein weißer Briefumschlag vor die Füße, den sie behutsam wieder in die Tasche verstaut.

Da klopft es an der Tür.

Die Mittagspause

Der Vormittag ist in Sabines Augen wie im Fluge vergangen. Zwar sind alle Gespräche mehr oder weniger unangenehm verlaufen, aber damit hat sie ja gerechnet.

Mit dem Standardsatz „Ich bin der Vorbereitung auf das Niveau der gymnasialen Oberstufe verpflichtet" hat sie jegliche Kritik an ihrem Unterricht im Keim erstickt.

Und jetzt ist erst einmal eine Stunde Mittagspause angesagt, denkt sie sich, während ein Lächeln ihren Mund umspielt.

„Neudahl ... äh ..." Sabine zögert einen Moment, bevor sie fortfährt: „Ich wollte eigentlich Ihren Mann sprechen."

Sie hat nicht damit gerechnet, dass die Ehefrau des Hausmeisters am Telefon ist.

„Worum es geht?", wiederholt sie die Frage der Frau am anderen Ende der Leitung und scheint einen Augenblick zu überlegen.

„Ich möchte während meiner Mittagspause den mir für den Elternsprechtag zugewiesenen Verkaufsraum ihres Mannes verlassen. Dazu brauche ich aber seinen Schlüssel für mein Schloss hier."

Sabine beißt sich auf die Unterlippe, als wolle sie den letzten Satz wieder zurücknehmen. Dann nickt sie erleichtert.

„Ich danke Ihnen, Frau Ackermann, dass sie Phi ... – äh – Ihrem Mann Bescheid sagen."

Mit einem zufriedenen Lächeln legt sie das schnurlose Diensttelefon wieder auf seine Station und schaut suchend im Raum herum.

Wo ist sie denn jetzt?

Ihre Handtasche liegt nicht mehr auf dem Hocker neben ihr.

Ich habe sie doch hier abgestellt.

Sabine bückt sich unter die Liege, die hinter dem Hocker entlang der Wand steht. Sie dient üblicherweise als Ruheplatz für die Erste-Hilfe-Fälle in der Schülerschaft.

Ah, da ist sie ja!

Sie rutscht auf den Knien so weit nach vorne, dass sie mit dem ausgestreckten Arm das gesuchte Objekt erreichen und hervorholen kann.

Dann setzt sie sich auf die Liege und entnimmt der Handtasche ein zweites – noch kleineres – Glasfläschchen, das eine tiefrote Flüssigkeit enthält und den Schriftzug „AMOR-AMOR" trägt.

Offensichtlich handelt es sich um ein Parfum, denn Sabine besprüht mit dem Zerstäuber ihren Hals, die Ohrläppchen und das Dekolleté.

Geschickt schlüpft sie aus ihren Schuhen, zieht sich Strumpfhose und Slip aus und verstaut, als es plötzlich an der Tür klopft, beide hastig in die Handtasche. Sie steigt wieder in ihre Pumps, bevor sie laut und deutlich „Herein!" ruft.

Philipp Ackermann bleibt wie ein schüchterner Schuljunge im Türrahmen stehen.

„Komm ruhig näher!", ermuntert ihn Sabine – immer noch auf der Liege sitzend.

„Du hast eine nette Frau", fährt sie fort und schlägt dabei die Beine übereinander, so dass der ohnehin schon recht kurze Rock noch ein Stück weiter nach oben rutscht. „Weiß sie eigentlich von unserer Weinprobe?"

Der Hausmeister tritt in den Raum, schließt die Tür hinter sich und bleibt davor mit offenem Mund stehen – unfähig, auch nur ein einziges Wort hervorzubringen.

„Von mir wird sie nichts erfahren, wenn du mich ein letztes Mal ...".

Statt weiterzusprechen zieht Sabine die Kostümjacke aus und heftet ihren Blick an Ackermanns Augen, während sie sich betont langsam die Bluse aufknöpft.

Sie ignoriert das zaghafte „Aber" des Mannes vor ihr und lässt sich rücklings auf die Liege fallen.

„Schließ die Tür ab und mach das Licht aus!"

Kaum hat Sabine Neudahl ihren Besucher nach dessen Liebesdiensten entlassen und ihr Outfit wieder einigermaßen in Ordnung gebracht, da klopft es schon an der Tür.

„Es ist noch Mittagspause!", ruft sie laut – doch zu spät. Ein Mann in der Arbeitskleidung der städtischen Müllabfuhr betritt den Raum.

„Ganem ist mein Name – Abid Ganem. Ich der Vater von Raduan und ...".

„Aber es ist noch Mittagspause", unterbricht ihn die Frau vor ihm – hörbar und sichtlich ungehalten.

„Kommen Sie in zehn Minuten wieder!"

Herr Ganem hält beschwichtigend beide Hände in die Höhe.

„Ich weiß, ich weiß – kann aber nur jetzt. Nachher wieder arbeiten muss."

Erwartungsvoll ruhen seine Augen auf der Englisch-lehrerin seines Sohnes. Die erweckt aber nicht den Eindruck, auf die Bitte des Vaters eingehen zu wollen.

„Jetzt hören Sie einmal genau zu." Sie schaut auf die vor ihr liegende Liste.

„Erstens hat Rama – äh – Raduan Sie für 14 Uhr eingetragen. Zweitens", sie tippt mit dem Zeigefinger auf ihre Armbanduhr, „haben wir jetzt erst 13 Uhr 50 und drittens ist zu Ihrem Sohn in einer Minute alles gesa ...".

„Nicht so schnell sprechen, Frau!", fällt ihr Vater Ganem ins Wort.

Seine anfängliche Demut ist in Ungeduld umge-schlagen. Er wird lauter.

„Ich nicht verstehe sonst."

Kein Wunder!, denkt sich Sabine Neudahl mit einem abfälligen Blick. Sie überlegt einen Moment, bevor sie betont langsam und abgehackt entgegnet: „Ihr – Sohn – ist –zu – schlecht – für – das – Gym – na – si – um."

Die Zornesröte steigt Abid Ganem ins Gesicht.

„Das kann nicht sein!" Seine Stimme überschlägt sich.

„Ich in Syrien Ingenieur war. Raduan auch klug ist."

„Schrei – en – Sie – mich – nicht – so – an!", entrüstet sich die Lehrerin, um im nächsten Augen-blick gespielt freundlich hinzuzufügen: „Wenn – Sie – um – acht – zehn – Uhr – noch – ein – mal – kom – men, dann – er – klä – re – ich – Ih – nen – al – les."

Ihr Gegenüber hat sich scheinbar wieder beruhigt und nickt eifrig mit dem Kopf.

„Ja danke, Frau!" Er deutet eine Verbeugung an und dreht sich zur Tür.

„Ich jetzt wieder Arbeit." Sagt es und schickt sich an, die Hausmeisterloge zu verlassen.

„Aber nicht hier, sondern im Lehrerzimmer! Mein Platz ist dort auf der Empore", ruft Sabine Neudahl dem Mann von der Müllabfuhr hinterher.

Ob der das jetzt verstanden hat?, fragt sie sich, nachdem die Tür ins Schloss gefallen ist. Hastig holt sie aus der Handtasche die kleine braune Flasche, entfernt den Schraubverschluss und hält sie hoch in die Luft.

„Prost, Philipp!"

Sie nimmt einen kräftigen Schluck.

„Und Prost, Michael! Upps!"

Sie muss laut lachen.

„Prost, Herr Studiendirektor Wagner!" In einem Zug leert sie das Fläschchen.

„Schade nur, dass Sie mich nicht mögen."

Sabine schaut auf ihre Armbanduhr: 14 Uhr. Die Mittagspause ist zwar offiziell zu Ende, aber sie kann noch eine Viertelstunde durchatmen, da der für jetzt vorgesehene Termin mit Herrn Ganem ja ausfällt.

Das Ende im Lehrerzimmer

Der Nachmittag des Elternsprechtags verläuft für Sabine Neudahl nicht viel anders als der Vormittag. Sie verbittet sich gegenüber den Eltern wieder von vornherein jegliche Kritik an ihrem Unterricht beziehungsweise an ihrer Person.

Selbst als Frau Freund – die Mutter von Lana aus der 10b – ihr die pädagogische Eignung abspricht, bleibt sie relativ gelassen.

„Sie haben meine Tochter auf dem Kieker, behandeln sie ungerecht und lassen in Konfliktfällen jedes Fingerspitzengefühl vermissen."

Ebenso entrüstet wie erwartungsvoll schaut Frau Freund die Englischlehrerin an.

Doch die lässt sich mit einer Reaktion Zeit – sehr viel Zeit. Sie mustert ihr Gegenüber von oben bis unten und wieder zurück.

„Eines will ich Ihnen sagen – Ihre Tochter verfügt über ein bemerkenswertes Schauspieltalent. Und jetzt ahne ich, von wem sie es geerbt hat."

Sabine Neudahl blickt mit einem selbstgefälligen Lächeln auf ihre Armbanduhr und stellt lakonisch fest: „Das war 's! Guten Tag, Frau Freund."

Michael Wagner hat seine Elterngespräche schon am Vormittag erledigen können. Wie alle Mitglieder der erweiterten Schulleitung hat er die Mütter und Väter im eigenen Dienstzimmer empfangen. So ist es ihm möglich gewesen, sich zwischendurch Verwaltungsarbeiten zu widmen.

Und jetzt tüftelt er schon fast den gesamten Nachmittag am Einsatzplan der Kollegen für die mündliche Abiturprüfung. In diesem Jahr bereitet ihm vor allem ein Fach Kopfzerbrechen.

Es stehen relativ viele Prüfungen in Englisch an und so ist bei der dünnen Personaldecke des Fachbereiches die Besetzung der Prüfungsausschüsse knifflig. Neben dem eigentlichen Prüfer oder der Prüferin müssen Lehrkräfte für Vorsitz, Protokoll und Beisitz benannt werden.

Immer wieder löscht der Oberstufenleiter das Kürzel NDL aus einer Zeile in der Excel-Tabelle. Mal passt es nach seinem Empfinden nicht zum Prüfling – mal nicht zur Fachkollegin oder zum Fachkollegen.

Da wären Konflikte vorprogrammiert, denkt sich Wagner. *Am liebsten würde ich sie in keinem der Prüfungsausschüsse einsetzen – allenfalls als Aufsicht im Vorbereitungsraum.*

Aber er kommt nicht daran vorbei, die Oberstudienrätin Neudahl dreimal als Protokollantin vorzusehen – und das ausgerechnet in Prüfungen mit der Kollegin Wiener.

Zwischen den beiden Frauen herrscht eine offene Feindschaft seit dem Tag, an dem Petra Wiener in ihrer Eigenschaft als Vorsitzende der Fachkonferenz Englisch während einer Sitzung Sabine Neudahl fachliche Inkompetenz vorgeworfen hatte.

Aus diesem Grund beabsichtigt Michael Wagner, die beiden Damen später noch – am Ende des Elternsprechtags – aufzusuchen, um ihnen ins Gewissen zu reden.

Er nimmt sich vor, dass die Prüflinge auf jeden Fall keine Nachteile haben sollen – zumal Frau Neudahl als Protokollantin zuerst einen Notenvorschlag abzugeben hat.

Sie wird die Gelegenheit nutzen wollen, sich an der Kollegin Wiener zu rächen.

Michael Wagner tippt dreimal die Buchstabenfolge „NDL" in die Excel-Tabelle und murmelt dabei mit einem Stöhnen: „Womit habe ich diese Person verdient? Ich werde ihr die Pistole auf die Brust setzen."

Der Oberstufenleiter ist so in seine Gedanken vertieft, dass er das Klopfen an der Tür überhört. Erst als diese dann zaghaft geöffnet wird und ein ihm unbekanntes Männergesicht in den Raum schaut, blickt er von seiner Arbeit auf.

„Entschuldigen Sie, mein Name ist Neudahl. Ich soll gegen 18 Uhr meine Frau abholen. Vielleicht können Sie mir sagen, wo ich sie finden kann."

Friedrich Neudahl scheint zu wissen, in wessen Büro er sich befindet – jedenfalls tritt der sonst so selbstbewusste Schulleiter ungewöhnlich dezent auf.

„Ach – Sie sind also Herr Neudahl." Auch Michael Wagner reagiert eher zurückhaltend, obwohl er seinem Gegenüber sehr viel zu erzählen hätte.

„Kommen Sie bitte mit! Ich wollte sowieso noch zu Ihrer Frau."

Und so gehen die beiden Männer, die mehr voneinander wissen, als sie es nach außen hin zeigen, nebeneinander zur Hausmeisterloge.

Auf einem der Stühle neben der Tür wartet ein Mädchen.

„Hallo Anna", begrüßt der Oberstufenleiter die Schülerin aus seiner 10b und schaut auf seine Armbanduhr.

„Es ist zwar schon 18 Uhr, aber ihre Frau ist offensichtlich noch in einem Elterngespräch", meint er zu seiner Begleitung. „Wenn Sie denn so lange im Aufenthaltsraum der Oberstufe warten wollen?"

In diesem Moment geht die Tür auf und Sabine Neudahl erscheint mit einer Frau.

„Machen Sie es gut Frau Schulte!"

Erstaunt schauen sich beiden Männer an – hat doch jeder für sich die Ehefrau beziehungsweise die Kollegin schon lange nicht mehr so freundlich erlebt. Doch dieser Eindruck ist nur von kurzer Dauer.

„Warum wartest du nicht draußen auf mich?", zischt Sabine ihren Mann an.

Ehe dieser antworten kann, fährt sie fort: „Außerdem habe ich noch länger in der Schule zu tun und mir deshalb ein Zimmer genommen."

Friedrich Neudahl wartet bis Mutter und Tochter Schulte außer Hörweite sind, bevor er lospoltert: „Und wieso erfahre ich das erst jetzt?" Er ist sichtlich ungehalten – mehr noch – der Kragen droht ihm zu platzen.

„Wenn mich Herr Wagner nicht dankenswerterweise hierher geführt hätte, säße ich womöglich noch bis morgen früh in meinem Wagen vor der Schule."

Die beiden Herren folgen Sabine, die wieder in die Hausmeisterloge tritt. Mit einem demonstrativ trotzigen Schweigen schaut sie aus den Augenwinkeln den Oberstufenleiter an, als wolle sie ihn fragen: *Und was willst **du** von mir, Michael?*

Dem kommt die ganze Situation derart bizarr vor, dass er fast sein eigenes Anliegen vergessen hätte.

„Eigentlich wollte ich Sie, Frau Neudahl, heute noch in Sachen Abiturprüfungsplan sprechen. Aber ..."

„Dann kommen Sie doch einfach", unterbricht ihn die Englischlehrerin, „später mal ins Lehrerzimmer. Ich werde dort sicher noch länger sein."

„Aber was ist morgen?", will Friedrich Neudahl wissen.

„Schließlich will ich nicht **noch** einmal vergeblich die Strecke hin und her fahren müssen. Ich habe wirklich Wichtigeres zu tun."

Seine Frau schaut ihn vielbedeutend an.

„Nur keine Angst, mein Lieber!" Sie zieht das „ie" endlos in die Länge.

„Du wirst morgen **sicher** von mir hören!"

Sie nimmt ihre Unterlagen in die Hand, greift zur Tasche und geht in Richtung Tür.

„So – nun muss ich aber zu einem Elterngespräch ins Lehrerzimmer."

Sagt es und lässt die beiden Männer, ohne sich noch einmal umzudrehen, einfach im Raum zurück.

Lana und ihr Freund sind nach dem Ende der Theater-AG noch in der Schule geblieben, um auf Raduans Vater zu warten. Dieser hat sich am Smartphone mit den jungen Leuten verabredet, nachdem sein Zusatztermin von Frau Neudahl auf den Abend gelegt worden ist.

So sitzen die beiden nun in der ersten Etage im direkt der Aula – dem Ort der Theaterprobe – gegenüberliegenden Schüleraufenthaltsraum.

Raduan ist gespannt, was die Englischlehrerin über ihn berichten wird, obwohl er nichts Gutes erwartet. „Sie wird Vater sagen, dass ich bin dumm."

Lana streicht zärtlich mit der Hand über den dunklen Haarschopf ihres Freundes.

„Aber mein Raduan ist ein kluger und ganz lieber Junge!"

Sie unterstreicht ihre Aussage, indem sie ihm einen laut schmatzenden Kuss auf die Wange drückt.

„Vater dann wird sein wütend." Raduan schaut besorgt zu seiner Freundin.

„Er ist ein stolzer Mann – stolz auf mich."

Lana nickt eifrig mit dem Kopf.

„Und ich bin **auch** stolz auf dich. Ohne deine technische Hilfe wären wir in der Theater-AG aufgeschmissen."

„Aufgeschmissen?", wiederholt Raduan mit einem verständnislosen Gesichtsausdruck.

„Das sagt man so", erklärt Lana, „wenn jemand unentbehrlich ... " Sie stockt, weil das Fragezeichen auf Raduans Stirn einfach nicht verschwinden will.

„Hhmm – wenn eben jemand ganz wichtig ist." Sie lacht ihren Freund an.

Der hat sie zwar nun verstanden, was aber offensichtlich nicht seine Sorgen hat vertreiben können.

„Ich bin froh erst, wenn mein Vater ist hier." Er schaut auf die Wanduhr vor ihm.

„Es ja schon spät ist."

„Es ist ja schon halb sieben, Philipp!"

Frau Ackermann hat den Tisch für das Abendessen gedeckt und ist erstaunt, ihren Mann – noch auf der Couch sitzend – im Wohnzimmer zu finden.

„Willst du nun nicht endlich deinen Rundgang machen?"

„Na ja, ich bin doch eben erst im Gebäude gewesen. Da war auf den Fluren noch ordentlich was los – und auch im Lehrerzimmer."

Der Hausmeister erhebt sich schwerfällig von seinem Sitzplatz und greift sich den auf dem Wohnzimmertisch liegenden Schlüsselbund.

Seine Frau ist ungehalten.

„Geht es auch ein bisschen flotter?" Sie stemmt ihre zu Fäusten geballten Hände in die Taille ihres Leibes, der in puncto Fülle mit dem ihres Mannes konkurrieren kann.

Philipp Ackermann hasst es, wenn seine Frau einen vorwurfsvollen Ton anschlägt.

„Ich habe heute schon genug erledigt", murmelt er sich in den Vollbart und schlurft durch den Flur in Richtung Wohnungstür.

„Passen Sie doch gefälligst auf!", entrüstet sich Friedrich Neudahl. Fast hätte ihn der dunkelhaarige Mann in signaloranger Arbeitskleidung auf der Treppe vor dem Schuleingang umgerannt.

Doch der Fremde eilt, ohne sich umzudrehen, die Stufen hoch. Oberstudiendirektor Neudahl schaut ihm mit einem Kopfschütteln hinterher, holt den Autoschlüssel aus seiner Manteltasche und steuert über den Bürgersteig auf den Schulparkplatz zu.

Abid Ganem ist spät dran. Im Laufschritt biegt er hinter dem Foyer nach rechts in den Schulflur und schaut sich suchend um. Alles leer.

Aber vom Ende des Ganges her kommt ihm jemand entgegen. Vater Ganem geht ein paar Schritte weiter.

„Bitte, wo ist Lehrerzimmer?"

Michael Wagner, der offensichtlich gerade das Schulgebäude verlassen will, antwortet mit der Gegenfrage: „Was wollen Sie denn dort?"

Der Besucher ist verzweifelt. „Ich muss zu Frau Neudahl – muss mit Frau sprechen – bin zu spät."

Der Oberstufenleiter überlegt einen Moment, bevor er erwidert: „Eigentlich ist der Elternsprechtag um 18 Uhr zu Ende, aber ..."

Er dreht sich um und weist mit der Hand in die Richtung, aus der er gekommen ist.

„Aber das Lehrerzimmer liegt dort hinten am Ende des Ganges auf der linken Seite – die vorletzte Tür."

„Viele Dank!" Die beiden Männer nicken einander freundlich zu, bevor sie eilig ihrer Wege gehen.

Der Flur ist so lang wie er menschenleer ist. Die Eltern sind nach den Gesprächen auf dem Nachhauseweg und auch die Lehrerschaft hat wohl das Schulgebäude verlassen – nur eben Sabine Neudahl nicht.

Das hofft jedenfalls Abid Ganem auf seinem Weg zum Lehrerzimmer. Als er am Treppenhaus vorbeikommt, hört er Stimmen, die offensichtlich aus der ersten Etage stammen.

Tatsächlich schauen zwei Köpfe über das Geländer der oberen Treppenhälfte nach unten.

„Raduan?" Vater Ganem meint, seinen Sohn erkannt zu haben.

Der Angesprochene nickt mit dem Kopf und bevor er selbst antworten kann, ruft seine Freundin: „Ja, Herr Ganem. Wir warten hier oben vor der Aula auf Sie."

Lana ist sich nicht sicher, ob sie auch richtig verstanden wurde. Aber der nach oben gestreckte Daumen der Männerfaust unten ihm Flur schenkt ihr Gewissheit.

Als Abid Ganem das Lehrerzimmer erreicht hat, stutzt für einen Augenblick, denn die Tür hat keine Klinke – nur einen kugelrunden Knauf.

Wie soll ich da jetzt reinkommen?, denkt er sich und ist im Begriff anzuklopfen, als er bemerkt, dass die Tür nur angelehnt ist. Er drückt sie nach innen auf und tritt ein.

Philipp Ackermann nähert sich auf seinem Rundgang durch das Schulgebäude dem Lehrerzimmer. Er hat vom Schulhof aus gesehen, dass hinter den blickdichten Gardinen an den Fenstern immer noch Licht brennt und sich gesagt: *Wohl oder übel muss ich dort mal nachschauen.*

Im Flur beobachtet er nun, wie gerade ein orangefarbenes Hosenbein im Türeingang zum Lehrerzimmer verschwindet. Er beschleunigt seine Schritte und nestelt dabei den auf alle Schlösser passenden Generalschlüssel aus der Hosentasche.

Der Fremde hat tatsächlich die Lehrerzimmertür ins Schloss fallen lassen. So schließt Philipp Ackermann sie hastig auf und stampft laut polternd in den Raum.

„Was ist denn hier los?", raunzt der Hausmeister in Richtung des Mannes, der am Fuß der Empore auf den Boden starrt. Abid Ganem zittert am ganzen Körper – unfähig, auch nur ein einziges Wort über die Lippen zu bringen.

Vor ihm liegt die Englischlehrerin Sabine Neudahl auf dem Rücken in einer riesigen Blutlache. Die Augen sind weit aufgerissen und die Arme so abgespreizt, dass sie mit dem regungslosen Körper ein Kreuz bilden. Aus Nase und Mundwinkel des zur

Seite geneigten Kopfes sickern kleine Rinnsale blau-roten Blutes auf den Kragen der aufgeknöpften und aus dem Rock gezerrten weißen Bluse.

Philipp Ackermann ist näher getreten und herrscht den Mann vor ihm an: „Hörst du schlecht? Ich habe dich etwas gefragt!"

Abid Ganem blickt ängstlich zu dem Koloss von einem Hausmeister auf und stammelt: „Frau ist tot."

5. Der Schlussstrich

Die Ankunft der Kraniche

Es ist ein Freitag in der ersten Märzwoche, als Michael Wagner am frühen Morgen aus dem Schlaf aufschreckt.

Was ist das für ein Lärm da draußen?

Er verlässt das Bett, auf dem er sich am Vorabend in voller Kleidung gelegt hat, um ein wenig zur Ruhe zu kommen. Doch die Woche ist so aufregend gewesen, dass er sich bis spät in die Nacht hin und her gewälzt hat, ohne zunächst einschlafen zu können. Aber irgendwann müssen ihm die Augen zugefallen sein.

Nun steht er vor – nein unter – einem in Kopfhöhe angebrachten Fenster, öffnet mit hoch ausgestreckten Händen beide Flügel und inhaliert mit tiefen Atemzügen die frische Vorfrühlingsluft.

Der Blick zwischen den Gitterstäben hindurch zum tiefblauen Morgenhimmel offenbart Michael den Grund für die weiterhin nicht zu überhörende Geräuschkulisse. Ein großer Schwarm von Kranichen überquert auf dem Zug aus dem Winterquartier nach Norden das Gebäude der Justizvollzugsanstalt.

Ob ich immer noch hier sein werde, wenn die Vögel zurückfliegen?

Michael schließt seufzend wieder das Fenster.

Was ist in den letzten Wochen geschehen?

Nach dem Auffinden der toten Englischlehrerin am Elternsprechtag war der herbeigerufenen Polizei schnell klar, dass Sabine Neudahl keines natürlichen Todes gestorben war.

Auch ein Unfall schien den ermittelnden Kriminalbeamten schon nach der ersten Besichtigung der Örtlichkeiten unwahrscheinlich. Ein umgestürzter Stuhl und ein beiseitegeschobener Computertisch auf der Empore im Lehrerzimmer – unmittelbar oberhalb des Fundortes der Leiche – ließen einen gewaltsam herbeigeführten Sturz aus der Höhe auf den Marmorboden vermuten.

Dementsprechend ordnete die Staatsanwaltschaft ein Ermittlungsverfahren in Sachen Tötungsdelikt an.

Die Spurensicherung und Gerichtsmedizin erledigten in den nächsten Tagen ihre Arbeiten und die Ermittler befragten eingehend alle nach dem 18-Uhr-Ende des Elternsprechtages noch im Schulgebäude anwesenden Personen.

So wurde auch Michael Wagner vorgeladen, der auf alle ihm gestellten Fragen bereitwillig Antwort gab. Mehr noch – er berichtete von sich aus über die Probleme, die ihm die Kollegin Neudahl bereitet hatte und ließ dabei auch kein Detail unerwähnt.

Dann – nach knapp einer Woche – wurden alle männlichen Vertreter aus dem Kreis der verhörten Personen aufgefordert, sich einer Speichelprobe zu unterziehen.

Auch dieser Pflichtübung kam Michael nach, ohne sich weitere Gedanken über den anschließenden DNA-Test zu machen.

Warum auch?, sagte er sich. *Ich habe ja nichts Großes zu befürchten.*

Umso überraschter und vor allem erschrockener reagierte er dann, als einige Tage später zwei Beamte der Kriminalpolizei ihn kurzerhand in der Schule festnahmen. Er durfte noch nicht einmal nach Hause fahren, um seiner Frau Eva Bescheid zu sagen und sich ein paar persönliche Dinge einzupacken.

Ein kurzes Telefongespräch musste reichen.

„Bitte mach dir keine Sorgen, Liebes!", versuchte er Eva zu beruhigen. „Ich soll Frau Neudahl umgebracht haben – so ein Unsinn! Du musst nichts befürchten. Das wird sich alles klären, aber besorg mir bitte einen Anwalt."

Bei der Vorführung vor dem Haftrichter wurde Michael angedeutet, dass sowohl am Tatort als auch an der Toten sein genetischer Fingerabdruck gefunden worden war. Auch hätte ein Zeuge ihn zur Tatzeit aus Richtung Lehrerzimmer kommen sehen. Es bestünde außerdem Verdunklungsgefahr wegen möglicher Zeugenbeeinflussung und Manipulation.

Da konnte auch der herbeigeeilte Anwalt Dr. Markus Meurer nicht mehr verhindern, dass der Richter Untersuchungshaft anordnete.

„Ich werde umgehend Akteneinsicht beantragen", teilte Dr. Meurer seinem Mandanten beim Abschied mit.

„Dann werden wir weitersehen und wissen, ob eine mündliche Haftprüfung Aussicht auf Erfolg hat."

Michael geht vom Fenster in Richtung Tür und dann wieder zurück, um das Hin und Her erneut zu starten. Seit einer Woche hockt er nun schon in der gerade einmal acht Quadratmeter kleinen Zelle, ohne etwas zu seiner Entlastung beitragen zu können.

Anfangs hat er sich den Kopf zermartert, wie Spuren seiner DNA an die Tote gelangt sein sollen. Nun ist er sich auch noch unsicher, wer der Zeuge ist.

Außer Herr Ganem, der Vater seines Schülers Raduan, fällt ihm niemand ein. Diesem hat er ja zur Tatzeit am Ende des Elternsprechtags den Weg zum Lehrerzimmer gezeigt.

*Wieso sitze jetzt **ich** und nicht dieser **Ganem** in Untersuchungshaft? Natürlich komme ich aus Richtung Lehrerzimmer, wenn ich mein dahinterliegendes Büro auf dem Weg aus dem Schulgebäude verlasse.*

Mittlerweile ist Michael nur noch ratlos – und verzweifelt.

Vielleicht bringt Dr. Meurer ja gute Neuigkeiten mit.

Der Anwalt hat für morgen seinen Besuch angekündigt.

Mit einem Seufzen stoppt Michael sein ruheloses Gehen und wirft sich auf das Bett mit der dünnen und viel zu weichen Schaumstoffmatratze. Er wälzt sich auf den Rücken, schließt die Augen und atmet tief ein und aus – ein – und aus.

Ich will hier raus!!!

Dicke Luft

Im Hause Ackermann herrscht seit Beginn der polizeilichen Ermittlungen im Fall der toten Englischlehrerin der Ausnahmezustand. Nichts scheint mehr so zu sein, wie es vorher war.

Zunächst hat die Ehefrau des Hausmeisters, Helga Ackermann, bloß betroffen reagiert, als sie von einer möglichen Straftat erfahren hat. Dann ist sie erschrocken gewesen, als auch ihr eigener Mann in den Fokus der Ermittlungen geriet.

Und als der schließlich durch den DNA-Abgleich mit an der Leiche gefundenen Spermien des sexuellen Kontaktes mit dem Opfer überführt wurde, brach für Helga Ackermann eine Welt zusammen.

Sie war sprachlos und dabei so entsetzt, dass sie nur weg wollte und deshalb einige Tage bei ihrer Schwester unterkam. Philipp musste in dieser Zeit bei der Kripo zum Verhör erscheinen.

Als dann auch Helga eine Vorladung erhielt, beschwor Philipp sie, zurückzukommen und sicherte ihr eine offene Aussprache zu.

Sie kam und er entschuldigte sich kleinlaut für den einmaligen Ausrutscher – wie er seine Verfehlung nannte. Philipp hatte diesen Ausdruck auch der Polizei gegenüber verwendet, als er angesichts des positiven DNA-Tests eindringlich nach seiner Beziehung zu Sabine Neudahl befragt wurde.

Ihm fiel ein Stein vom Herzen, als ein Tag nach Helgas Vernehmung Michael Wagner verhaftet wurde – befürchtete er doch, selbst auf der Liste der Verdächtigen an der Spitze zu stehen.

Ein plausibles Motiv – nämlich als verheirateter Mann die Affäre gegenüber seiner Frau verheimlichen zu wollen – hatte sich die Kripo bei seiner Vernehmung ja an zehn Fingern abzählen können.

Philipp und Helga Ackermann sitzen am Küchentisch und löffeln schweigend ihre Suppe.

Dem Hausmeister ist anzumerken, dass er mit dem Essensangebot unzufrieden ist. Aber er traut sich nicht, etwas zu sagen – eigentlich ungewöhnlich für ihn.

„Mehr gibt es heute Mittag nicht", erklärt Helga, die den Gesichtsausdruck ihres Mannes zu deuten weiß.

„Ich habe keine Lust, für einen Mann zu kochen, der fremdgeht und dann noch unter Mordverdacht steht."

Ihr Gegenüber lässt den Löffel auf den Tisch fallen.

„Jetzt hör aber mal auf! Schließlich habe ich mich entschuldigt."

Philipp fällt es schwer, sich zu beherrschen, aber er weiß auch um seine Täterrolle in der Beziehungskrise.

„Na ja", fährt er mit um Gelassenheit bemühter Stimme fort. „Mit der Verhaftung von Wagner bin ich aus der Sache raus!"

„Dass ich nicht lache!", erregt sich Helga. „Wer sagt mir denn, dass du nicht doch die Neudahl von der Empore gestoßen hast?"

Sie steht auf, geht zum Fenster und richtet ihren Blick auf den Schulparkplatz, der hinter der Hausmeisterwohnung liegt.

Mit dem Handrücken wischt sie die paar Tränen, die sich in ihren Augenwinkeln gesammelt haben, lautlos ab.

„Die lag doch schließlich schon mausetot auf dem Boden, als ich im Lehrerzimmer aufgetaucht bin", hört sie hinter sich die Stimme ihres Mannes beschwören. „Und dieser Typ von der Müllabfuhr hat auf sie geglotzt."

Helga Ackermann schüttelt heftig den Kopf und entgegnet, ohne sich nach Philipp umzudrehen: „Aber der hat es in der Mittagspause nicht mit der Neudahl getrieben."

Ihre Stimme wird lauter.

„Außerdem weißt du genauso gut wie ich, dass du schon **vor** deinem Rundgang im Lehrerzimmer gewesen bist – auch wenn ich das der Polizei nicht gesagt habe."

Helga macht eine Pause und atmet tief durch. Dann dreht sie sich zu Philipp und meint mit ernstem Gesicht: „**Noch** nicht!"

Am liebsten wäre der Hausmeister wütend von seinem Stuhl aufgesprungen und hätte „Was soll das?" gebrüllt. Aber er weiß, was er zu verlieren hat.

„Warum drohst du mir jetzt, Helga?" Seine leise Stimme klingt geschwächt – fast unterwürfig.

Die Gefragte geht ein paar Schritte auf ihn zu, stellt sich vor den Küchentisch und stemmt beide Hände in die Hüften.

„Nach allem, was geschehen ist, traue ich dir nicht mehr."

Die Worte kommen wohlbetont – wie von einem Blatt abgelesen – aus ihrem Mund.

„Ich glaube dir auch nicht, dass du das **Opfer** der Verführungskünste dieser Person gewesen bist und dich nur ein einziges Mal mit ihr eingelassen hast."

Philipp will seine Stimme mit einem „Aber" zum Protest erheben, doch seine Frau hat keine Lust, sich unterbrechen zu lassen.

Unbeirrt fährt sie fort: „Außerdem bin ich davon überzeugt, dass Herr Wagner unschuldig ist und du nur deshalb verschont geblieben bist, weil ich dir ein Alibi gegeben habe."

Helga räuspert sich kurz, bevor sie erklärt: „Ich misstraue dir nicht nur, sondern ich habe auch Angst vor dir!"

Philipp Ackermann ist sprachlos – ihm fehlen einfach die Worte. Noch nie hat er seine Frau so reden gehört, so exakt und korrekt formuliert – fast abgehoben wie alle diese vornehmen Damen des Lehrerkollegiums.

Nachdenklich zwirbelt er mit den Fingerspitzen die widerspenstigen Haare seines Vollbartes.

Wie kann ich sie nur beruhigen? Ich liebe sie doch!

„Und sag jetzt ja nicht, dass du mich aber liebst!"

Ein lautes Lachen entweicht Helgas Mund, obwohl ihr überhaupt nicht danach zumute ist. Im Gegenteil – der Kloß in ihrem Hals wird immer schwerer.

Sie schluckt, bevor sie mit bebender Stimme ankündigt: „Ich werde morgen wieder zu meiner Schwester fahren. Ich kann dort einige Zeit bleiben."

Helga wendet sich von ihrem Mann ab und tritt wieder ans Fenster.

Der Schulparkplatz hat sich inzwischen gelichtet. Es stehen dort nur noch die Wagen der Lehrkräfte, die zur Schulleitung gehören oder aber im Nachmittagsunterricht eingesetzt sind.

„Im Lehrerkollegium reden sie über uns", stellt Helga fest.

Nicht einmal zwanzig Meter von ihr entfernt steht die Orientierungsstufenleiterin Frau Deppe-Schäfer vor ihrem Auto und unterhält sich angeregt mit Petra Wiener – der Vorsitzenden der Fachkonferenz Englisch.

Immer wieder blicken beide zur Hausmeisterwohnung, während sie abwechselnd – wohl einander zustimmend – mit dem Kopf nicken.

Helga tritt ein paar Schritte zurück in den Raum.

„Ich muss Abstand gewinnen von hier, von den Ereignissen und", sie dreht sich zu ihrem Mann, „von dir!"

„Na ja – das war 's dann wohl!", murmelt sich Philipp Ackermann in den Bart und erhebt sich schwerfällig von seinem Platz.

Seine Miene lässt vermuten, dass er bis unter die Spitzen seiner wenigen ihm noch verbliebenen Haare mit Selbstmitleid erfüllt ist. Wortlos verlässt er mit schlurfenden Schritten die Küche.

Zu Besuch

„Wie geht es Ihnen?"

Dr. Markus Meurer streckt im Besucherraum der Justizvollzugsanstalt seinem Mandanten die Hand entgegen, bevor er ihm gegenüber am Tisch Platz nimmt.

„Bescheiden, um es einmal vornehm auszudrücken", entgegnet Michael Wagner und schaut seinen Besuch erwartungsvoll an.

„Haben Sie Neuigkeiten für mich mitgebracht, Herr Dr. Meurer?"

Der Rechtsanwalt, ein jungenhafter Mitdreißiger, strahlt seinen Mandanten an.

„Jede Menge, Herr Wagner!"

„Hoffentlich gute!", entgegnet Michael.

Dr. Meurer holt aus seinem schwarzledernen Pilotenkoffer einen Schnellhefter und erklärt: „Der Blick in die Ermittlungsakten hat sich auf jeden Fall gelohnt."

Anschließend trägt der junge Mann die Punkte vor, die ihm für eine Haftprüfung besonders wichtig erscheinen.

„Zunächst geht es um die Frage, wie wir den Haftrichter davon überzeugen können, dass Sie zur Tatzeit nicht im Lehrerzimmer waren." Herr Meurer wirft einen prüfenden Blick auf sein Gegenüber.

„Es war doch so – oder?"

„Ich habe der Kripo xmal erklärt, dass ich vorhatte, Frau Neudahl in Sachen Abiturprüfungsplan aufzusuchen – dies aber dann aus Zeitgründen nicht mehr gemacht habe." Michael klingt genauso genervt wie ratlos.

„Aber die beiden Zeugen haben wohl das Gegenteil ausgesagt", stellt Dr. Meurer fest, während er in seinen Unterlagen blättert und sich dabei nachdenklich mit der Hand über den strohblonden Kurzhaarschnitt streicht.

„Wieso denn jetzt zwei?", entgegnet Michael und blickt in Richtung des Vollzugsbeamten, der offensichtlich gelangweilt auf einem Stuhl neben der Tür seinen Aufsichtsdienst verrichtet.

„Ich weiß nur von Herrn Ganem, dem ich im Flur begegnet bin."

„Da taucht in den Ermittlungsunterlagen auch noch Herr Neudahl auf. Er hat ausgesagt, dass seine Frau Sie förmlich eingeladen hätte, zu ihr ins Lehrerzimmer zu kommen."

Der Rechtsanwalt wirft erneut einen Blick in seine Akten.

„Erschwerend kommt hinzu, dass er von einem angespannten Verhältnis zwischen seiner Frau und Ihnen gesprochen hat.

„Pah!", entrüstet sich Michael. „Der hätte lieber mal etwas über seine problematische Ehe erzählen sollen. Davon hat mir nämlich mein Chef – Oberstudiendirektor Feldmann, der ein guter Freund Herrn Neudahls ist – vertraulich berichtet."

„Interessant!"

Dr. Meurer macht sich eine Notiz.

„Wir müssen dem Haftrichter auch klarmachen, dass Sie weder irgendeine Verdunklungsgefahr ausstrahlen noch ein belastbares Motiv Ihr Eigen nennen."

„Und wie soll das geschehen?", will Michael wissen.

„Am besten, indem **Sie** Kooperation signalisieren und **ich** ihm erkläre, dass man auch anderen aus dem Kreis der Beteiligten einen Grund zuschreiben kann, Frau Neudahl loszuwerden."

„Sie denken an den Ehemann?", hakt Michael nach.

„Nein – eher an den Hausmeister Ackermann", erklärt der Rechtsanwalt.

„Ackermann?", echot sein Gegenüber ungläubig. „Wieso denn der?"

In den folgenden Minuten erfährt der Untersuchungshäftling Wagner von seinem Besucher Dr. Meurer, dass der Gerichtsmediziner an der Toten frische Spermaspuren entdeckt hat, die nach der Untersuchung der Speichelproben eindeutig Philipp Ackermann zugeordnet worden sind.

Dieser hat dann im Verhör bereitwillig eingeräumt, dass er sich am Elternsprechtag in der Mittagspause von Sabine Neudahl habe verführen lassen.

Seine Angabe, erst nach Abid Ganem am Abend ins Lehrerzimmer gekommen zu sein, ist von seiner Ehefrau – was die Uhrzeit anbelangt – bestätigt worden. Damit hat Ackermann nicht mehr als dringend der Tat verdächtig gegolten.

Der Bedienstete der städtischen Müllabfuhr ist offensichtlich gleich aus dem Fokus der Kriminalpolizei gefallen, da die Abdrücke seiner schmutzigen Arbeitsschuhe nur bis zum Fundort der Leiche geführt haben und er sonst keinerlei Spuren hinterlassen hat.

Auch der Ehemann der Getöteten – Friedrich Neudahl – hat eine Speichelprobe abgegeben und eine intensive Befragung über sich ergehen lassen müssen. Obwohl er keine Zeugen für seine Fahrt nach Hause und die Ankunft dort hat nennen können, ist er von den ermittelnden Beamten nicht weiter behelligt worden.

Sogar die Jugendlichen Lana und Raduan haben für die Kripo zunächst auf der Liste der Tatverdächtigen gestanden. Bei ihrer Befragung ist es den beiden nicht schwergefallen, freimütig über ihre Abneigung gegenüber ihrer Englischlehrerin zu berichten. Sie haben allerdings sich nur gegenseitig ein Alibi geben können – nämlich das Warten auf Raduans Vater im Schüleraufenthaltsraum nach dem Ende ihrer Theaterprobe.

„Alle Ihnen bisher genannten Personen sind für das Ermittlungsteam der Kripo wohl in **dem** Moment zu reinen Nebenfiguren mutiert, als nach der kriminaltechnischen Untersuchung die Spuren am Tatort **Ihrer** DNA-Probe zugeordnet werden konnten.‟

Mit dieser Feststellung beendet Dr. Meurer seinen Bericht, um dann noch schnell hinzuzufügen: „Genau da müssen wir ansetzen!‟

Michael Wagner atmet tief ein und mit einem vergeblich unterdrückten Stöhnen wieder aus.

„Wie meinen Sie das? Ich habe doch so und so – mit Verlaub gesagt – die Arschkarte.‟

Unruhig rutscht er auf seinem Stuhl hin und her.

„Eben‟, entgegnet der Rechtsanwalt. „Deshalb werde ich den Spot zum Beispiel auf ...‟, er zögert einen Moment, „zum Beispiel auf diesen Hausmeister richten."

Dr. Meurer legt seine Hand ans Kinn und streicht mit dem Zeigefinger darüber – immer hin und her, während sich seine Augen zu Spalten verengen.

„Philipp Ackermann könnte genauso gut hier in U-Haft sitzen. Was ist denn schon sein Alibi von der eigenen Ehefrau wert? Und dann die Sache mit den Spermien. Das schreit doch geradezu nach einem Motiv!"

Michael schaut sein Gegenüber erstaunt und zugleich fragend an.

„Motiv, Motiv, Motiv! Was steht denn überhaupt in den Ermittlungsakten dazu? Und wieso spricht der Haftrichter in meinem Fall von einer Verdunklungsgefahr?"

Dr. Meurer ist sichtlich anzumerken, dass ihm die Fragen seines Mandanten unangenehm sind, will er doch seine eigenen Vermutungen weiter erläutern.

„Schriftlich ist nichts zu einem Motiv festgehalten und ich kann doch schlecht in die Köpfe der ermittelnden Beamten schauen. Aber ich denke mir, dass Herr Ackermann seine Beziehung zu Frau Neudahl verheimlichen wi..."

„Spekulationen helfen mir nicht!", fällt Michael dem jungen Rechtsanwalt ins Wort.

„Was ist aus den Ermittlungsergebnissen für **mich** relevant und eventuell verwertbar?"

„Im Verhör spricht der Hausmeister von einem einmaligen Ausrutscher, aber ..."

„Kein Aber!" Wieder unterbricht Michael den Redefluss seines Anwaltes.

„Was ist bisher über **mich** ausgesagt worden?" Seine Stimme gleicht einem Hilfeschrei.

„Aber warum sind Sie denn so ungehalten, Herr Wagner?" Dr. Meurer wühlt in seinen Unterlagen.

„Ich habe mir doch alles Wichtige notiert!"

Der Aufsichtsbeamte scheint aus seiner Lethargie aufgewacht zu sein. Auf jeden Fall verfolgt er aufmerksam die Szene.

„Ha – hier ist es!", freut sich der Rechtsanwalt. „Also – in den Aussagen Ihres Schulleiters Feldmann und Ihrer Sekretärin Frau Hof ist die Rede von Schwierigkeiten, die Frau Neudahl im Schuldienst hatte. Dabei fällt im Zusammenhang mit den Problemen, die sie bereitet hat, wiederholt auch Ihr Name."

Dr. Meurer blickt von seinen Notizen auf, als wolle er die Reaktion seines Mandanten studieren.

„Der Ihnen gegenüber erhobene und dann wieder zurückgenommene Vorwurf der sexuellen Belästigung hat die Kripo wohl beeindruckt."

„Sie meinen, dass mir wegen dieser unsäglichen Geschichte ein Tatmotiv angedichtet wird?", will Michael wissen.

Der Rechtsanwalt wiegt den Kopf hin und her. Er scheint, seine Worte genau überlegen zu wollen.

„Nun – im Zusammenhang mit den Ergebnissen der DNA-Analyse ist dies naheliegend. Haben Sie denn mal überlegt, wie Ihre Spuren an den Tatort und an die Tote gelangt sind, wenn Sie doch gar nicht im Lehrerzimmer waren?"

„Was weiß denn ich! Glauben Sie mir etwa nicht?", entrüstet sich der Gefragte.

„Doch schon", antwortet Dr. Meurer. „Aber die Kripo macht sich ihren Reim darauf – zum Beispiel

Rache oder Vertuschung als Motiv und Verdunklungsgefahr wegen möglicher Einflussnahme auf die Zeugen."

Michael blickt zerknirscht an die Decke des Besucherraumes.

„Und ich dachte, dass Sie mir heute gute Nachrichten mitbringen."

„Aber ja", ereifert sich der junge Rechtsanwalt. „Ich sagte doch, dass wir dem Haftrichter die Rolle des Hausmeisters ..."

Doch Michael Wagner hört gar nicht mehr zu. Er denkt an seine Frau Eva, deren Besuch er im Anschluss schon sehnlichst erwartet.

Der Aufsichtsbeamte neben der Tür im Besucherraum der Justizvollzugsanstalt starrt verlegen auf den Fußboden, als die Umarmung des Ehepaars vor ihm nicht mehr zu enden wollen scheint.

Eva Wagner ist eigentlich mit dem Vorsatz gekommen, sich zu beherrschen – doch jetzt fließen ihr die Tränen in Strömen über die Wangen.

„Es tut mir so leid", schluchzt sie und gräbt ihr Gesicht in die Brust ihres gut einen Kopf größeren Mannes.

„Anstatt hier wie ein kleines Kind zu heulen, sollte ich dir lieber eine Stütze sein."

„Das bist du doch", entgegnet Michael und streicht mit der flachen Hand beruhigend über den Haarschopf seiner Frau.

„Es ist alles so schrecklich", klagt Eva weiter. „Wie ein böser Traum, aus dem man aufwachen möchte – aber nicht kann."

Michael umfasst seine Liebste mit beiden Armen und wiegt sie hin und her.

„Ja – ich weiß, Schatz. Ich leide furchtbar darunter, dir solche Sorgen zu machen. Sie tun einer werdenden Mutter und ihrem Baby überhaupt nicht gut."

Dann entlässt er Eva aus seinem Griff und versucht zu lächeln. „Nun aber Kopf hoch! Wie geht es den Jungs?"

Allerdings verfehlen seine Worte die von ihm beabsichtigte aufmunternde Wirkung.

„Sie bestellen dir liebe Grüße." Eva versucht die Fassung wieder zu erlangen – doch umsonst. Neue Tränen drohen ihre Stimme zu ersticken.

„Leo und Toni geht es einigermaßen. Sie unterstützen sich gegenseitig und ihre Grundschullehrerin hält die Hand über sie."

Michael reicht seiner Frau ein Papiertaschentuch, während er ihr beipflichtet: „Wie eben Zwillinge so sind!"

Er deutet Eva mit einer Handbewegung an, sich an den Besuchertisch zu setzen, nimmt ihr gegenüber Platz und wartet bis sie sich geschnäuzt hat.

„Und was ist mit unserem Großen?"

„Für Simon ist es die Hölle. Gregor – sein bester Freund in der Schule – will nichts mehr mit ihm zu tun haben." Besorgnis und Zorn sind Eva anzusehen.

„Stell dir vor, was sich dieser ungezogene Kerl gestern erlaubt hat!"

„Rege dich bitte nicht auf, Schatz!", sorgt sich Michael. „Denk an unser Baby in deinem Bauch!"

„Aber dieser Gregor und ein paar Mitläufer haben Simon in der großen Pause aufgelauert und sich die

Hände so vors Gesicht gehalten." Eva schaut durch die gespreizten Finger ihrer vor die Augen geführten Hand.

„Und dabei haben sie immer wieder gerufen: Vater hinter Gittern lässt den Sohn erzittern!"

Jetzt ist es Michael, der mit den Tränen zu kämpfen hat.

„Aber so reden doch keine Dreizehnjährigen. Da stecken bestimmt Erwachsene – womöglich sogar die Eltern – dahinter."

Bevor seine Frau etwas dazu sagen kann, fragt er sie: „Muss ich mir nun auch noch Vorwürfe machen, weil ich zugelassen habe, dass Simon auf meine Schule geht?"

Eva schüttelt heftig den Kopf.

„Nein, nein! Er hat es sich doch selbst so gewünscht."

„Aber seine Mitschüler ...", wirft Michael ein, doch Eva führt mit „ ... hätten die Angelegenheit am Nachbargymnasium auch erfahren" den Satz auf ihre Art zu Ende.

„In unsrer kleinen Stadt wurde schon immer auf Teufel komm raus getratscht." Fast hätte sich Evas traurig düsterer Blick etwas aufgehellt – aber ein Gedanke quält sie noch.

Soll ich es ihm wirklich sagen?

Sie fühlt sich unsicher.

Wer weiß wie er darauf regieren wird?

Michael kennt seine Frau zu gut, um nicht zu bemerken, dass ihr noch etwas auf der Seele brennt.

„Schatz – aber irgendetwas bedrückt dich doch. Schieß los!"

Eva atmet tief ein und lehnt sich auf ihrem Stuhl zurück.

„Also – es ist so ..."

Sie macht eine Pause und sucht die Augen ihres Mannes.

„Also – es ist so, dass Simon noch mehr darunter leidet, dich als Vorbild verloren zu haben."

Michael muss schlucken.

„Woraus – schließt – du das?", fragt er mit leiser und stockender Stimme.

„Ich **spüre** es", entgegnet Eva. „Er fragt nicht nach dir und verteidigt dich auch nicht. Ich glaube, dass sein Wissen um deine Spuren am Tatort ihn zweifeln – ja verzweifeln – lässt."

„Und was denkst **du**?", hakt Michael nach.

Eva zögert mit einer Antwort.

„Ich muss das wissen!", insistiert ihr Gegenüber.

„Ich bin ratlos – so ratlos wie noch nie in meinem Leben und weiß nicht, was ich glauben soll." Wieder strömen die Tränen über Evas Wangen.

„Wie hat es diese Psychopathin bloß geschafft, dich zu ruinieren?" Mit aufgerissenen Augen blickt sie ihren Mann an.

Der starrt an die Raumdecke und trommelt mit beiden zu Fäusten geballten Händen auf die Tischplatte.

„Nein, nein und noch mal nein! Ich habe mit dieser Frau – und erst recht mit ihrem Tod – nichts zu tun."

Der Aufsichtsbeamte neben der Tür schaut interessiert zu den Eheleuten herüber.

„Aber offensichtlich hat sie es geschafft, dass **du** an mir zweifelst", fährt Michael aufgebracht fort. Seine Stimme überschlägt sich fast.

„Beruhige dich doch, Schatz! So habe ich es nicht gemeint. Es sind nur diese verdammten Spuren von dir, die ..." Eva stockt in ihrer Rede.

„Dich an mir zweifeln lassen", beendet Michael den Satz seiner Frau.

Sein eben noch zorniges Auftreten ist einem Blick gewichen, der nur noch an Fatalismus grenzende Entmutigung ausdrückt.

„Geh jetzt bitte, Eva! Ich möchte alleine sein."

Michael steht von seinem Platz auf, wartet bis seine Frau es ihm nachgemacht hat und schickt sich nach einer flüchtigen Umarmung an, wortlos den Raum zu verlassen.

Der Aufsichtsbeamte springt von seinem Stuhl auf und kratzt sich verlegen den haarlosen Schädel.

„Frau Wagner, Sie warten bitte hier, bis ich Ihren Mann zu seiner Zelle gebracht habe."

Er blickt zwischen den Eheleuten hin und her.

„Anschließend werde ich Sie zum Besucherausgang begleiten."

SOKO „Empore"

Es hat bei der Kriminalpolizei in der Kreisstadt nicht vieler Überlegungen bedurft, für die Ermittlungen im Fall der getöteten Oberstudienrätin Sabine Neudahl eine Sonderkommission – kurz SOKO – einzurichten.

Schon die Vielzahl an erforderlichen Anhörungen aller im Fall relevanten Personen hätte alleine als Grund ausgereicht. Da auch abzusehen gewesen ist, dass die Spurensicherung aufwendige kriminaltechnische Untersuchungen nach sich ziehen würde, hat Kriminalhauptkommissar Johannes Neumann die zwanzigköpfige SOKO „Empore" ins Leben gerufen.

Diese tagt nun mittlerweile seit knapp zwei Monaten mehrmals in der Woche unter Neumanns Leitung. Obwohl mit der Festnahme von Michael Wagner der Fall nach außen hin gelöst scheint, werden die Ermittlungsarbeiten intensiver denn je fortgeführt.

„Guten Morgen, liebe Kolleginnen und Kollegen", begrüßt der Hauptkommissar die versammelte Runde der SOKO „Empore".

Jeder der Anwesenden sieht dem Chef an, dass ihn heute etwas Besonderes – vielleicht eine mögliche Wendung im Mordfall? – umtreibt.

Er runzelt seine für einen Endfünfziger schon arg zerfurchte Stirn zu fast zentimetertiefen Falten.

„Ich möchte heute noch einmal die Big Points unserer bisherigen Ermittlungsergebnisse mit euch durchgehen ..."

„Aber die liegen doch allen schriftlich vor", interveniert Oberkommissar Harry Althaus, der

Leiter der kriminaltechnischen Untersuchungsstelle – kurz KTU genannt.

„Lass mich doch erst einmal ausreden, altes Haus!", erklärt Johannes Neumann.

Er ist sich sicher, dass die Verwendung des Spitznamens für den vor der Pensionierung stehenden Kollegen diesen diszipliniert und gleichzeitig die übrigen Anwesenden amüsiert.

„Also – noch einmal von vorn", wendet sich Neumann erneut an die Runde.

„Wir klopfen jetzt die wesentlichen Ermittlungsergebnisse auf ein mögliches Motiv der jeweils betrachteten Person hin ab."

Er nickt der jungen Frau zu, die ihm am langen Besprechungstisch gegenübersitzt.

„Ruth, fang du mal bitte mit Vater und Sohn Ganem und dessen Freundin Lana Freund an!"

Kommissarin Ruth Vogel – eine hochgewachsene Polizeibeamtin mit rotblondem halblangem Haar – räuspert sich und blickt noch einmal schnell in die vor ihr liegenden Unterlagen.

„Nun – ich habe mit meiner Gruppe das Umfeld der Familie Ganem und eben dieser Schülerin ausgeleuchtet. Die Anwesenheit des Vaters am Tat**ort** zur ungefähren Tat**zeit** ist ja gesichert. Was die Dauer seines Aufenthaltes anbetrifft, so wird diese durch die Aussagen der Herren Wagner und Ackermann auf maximal fünf Minuten begrenzt."

„Ja", pflichtet Hauptkommissar Neumann seiner Kollegin bei. „Wobei das Zusammentreffen von Ganem mit Wagner im Schulflur unser Augenmerk auf den Letzteren gelenkt hat. Aber fahre du bitte mit deinen Ausführungen fort, Ruth!"

„Die Auswertung der Spurensicherung hat keinerlei Hinweise auf eine Täterschaft Ganems ergeben", verkündet die Angesprochene und lässt sich ihre Feststellung durch ein Kopfnicken von Oberkommissar Althaus bestätigen, bevor sie weiterspricht.

„Dennoch kann man aufgrund der Befragungen in seinem beruflichen Umfeld ein mögliches Motiv Ganems nicht verleugnen."

„Kannst du das ein wenig konkreter erläutern, Ruth?", hakt der SOKO-Chef nach. Irgendetwas scheint ihn zu beschäftigen.

„Klar", entgegnet die junge Kommissarin.

„Der Arbeitskollege, der am Elternsprechtag mit Ganem unterwegs war, erzählte uns von einer regelrechten Wut, die sein Mitarbeiter nach dem Mittagstermin mit der Englischlehrerin an den Tag legte. Uns gegenüber hat Ganem aber nur von einer Unzufriedenheit gesprochen. Doch ich konnte ihm anmerken, dass er sich durch die Worte Frau Neudahls in seiner Ehre tief verletzt gefühlt hatte."

„Wie sieht man denn so etwas?", mischt sich Harry Althaus ein. Der Chef der KTU schaut mit einer Mischung aus Zweifel und Überheblichkeit in die Runde.

„Ich weiß nicht, wie ein Mann das macht. Aber eine Frau kann es mit **allen** Sinnen erfühlen."

Dabei zieht Ruth Vogel das „ü" derart in die Länge, dass selbst Hauptkommissar Neumann sich ein Lachen nicht verkneifen kann. Und das will bei dem ernsten Thema dieser SOKO-Sitzung schon etwas heißen.

„Was ist denn mit dem Sohn Ganem und seiner Freundin?", will der Chef wissen.

„Die beiden waren zur Tatzeit ja auch im Schulgebäude."

Kommissarin Vogel schenkt dem Kollegen Althaus einen versöhnlichen Augenaufschlag, bevor sie eine Antwort gibt.

„Die Erkenntnisse der Spurensicherung stehen im Einklang mit der Aussage der jungen Leute, dass sie sich noch nicht einmal in der Nähe des Lehrerzimmers – geschweige denn darin – aufgehalten haben. Aber bei unseren Ermittlungen im schulischen und privaten Umfeld der beiden sind wir wiederholt darauf gestoßen, dass ihr Verhältnis zur Englischlehrerin alles andere als harmonisch gewesen ist. Zwar haben die Jugendlichen dies auf Nachfrage auch eingeräumt – doch der Hass, den ich ihren Augen aufblitzen sah, blieb unausgesprochen."

Ruth Vogel schließt den Ordner mit ihren Unterlagen und blickt – eventuelle Nachfragen erwartend – in die Runde.

„Du traust den beiden – ich will sie mal Kinder nennen – also zu, ihre Englischlehrerin von der Empore gestoßen zu haben?"

Die Falten auf der Stirn des Hauptkommissars scheinen die Bedeutung seiner Frage unterstreichen zu wollen.

„Nein – das traue ich ihnen nicht zu. Aber im Sinne der Aufgabenstellung für unser heutiges Treffen habe ich auf ein mögliches Motiv hinweisen wollen", erklärt Ruth Vogel mit einem um Sachlichkeit bemühten Unterton.

„Frau Neudahl hat nach Zeugenaussagen Raduan Ganem und seine Freundin Lara Freund regelrecht gequält."

Harry Althaus kann seine Ungeduld nicht mehr verbergen.

„Wo keine Spuren sind, ist auch kein Täter."

Am liebsten hätte er mit der Faust auf den Tisch geschlagen – belässt es bei einem leichten Klopfen mit dem Zeigefinger.

„Können wir das Spekulieren jetzt sein lassen und endlich weitermachen?"

„Ist ja schon gut, Harry", beruhigt Johannes Neumann seinen Kollegen.

„Ruth ist sowieso mit ihrem Beitrag fertig."

Er richtet seinen Blick auf die junge Frau.

„Oder?"

Mit einem angedeuteten Kopfnicken bestätigt Kommissarin Vogel die Einschätzung ihres Chefs, obwohl ihr anzusehen ist, dass sie gerne noch etwas auf die Bemerkung des Kollegen Althaus erwidert hätte.

„Dann wollen wir uns nun mit dem Ehemann der Getöteten und dem Hausmeister beschäftigen."

Der SOKO-Leiter wendet sich seinem rechten Tischnachbarn zu.

„Das ist dein Part, Thomas."

Kommissar Peters kratzt sich an seinem unrasierten Kinn und erhebt sich schwerfällig von seinem Sitzplatz. Allerdings erscheint er den Versammelten dadurch nur unwesentlich größer.

Dem Endvierziger fehlen in der Länge die Zentimeter, die er in der Breite zu viel hat. Seine im Verhältnis zum massigen Oberkörper deutlich zu kurz geratenen Arme und das kugelrunde Gesicht erinnern an den Reifenmann aus der Michelin-

Werbung. Mit einem Unterschied: Thomas Peters trägt keine Glatze, sondern er mutet seinen schwarzen mittellangen Haaren eine ungepflegte Ponyfrisur zu, die einem Wischmopp gleicht.

„Ich möchte mich kurzfassen", kündigt der Reifenmann an. „Dass die beiden Herren für die Tatzeit kein Alibi ..."

„Stopp!", unterbricht ihn Hauptkommissar Neumann.

„Das ist jetzt wirklich **zu** kurz. Hausmeister Ackermann hat ein Alibi – auch wenn es nur von der eigenen Frau ist."

Der Vortragende nickt.

„Ja – das ist richtig. Aber ein Alibi ist in beiden Fällen nicht relevant, da die gesamte Spurenlage im Lehrerzimmer eine Täterschaft von Ehemann und Hausmeister nicht unterstützt."

Während Kommissar Peters so spricht, wippt er mit den Füßen rhythmisch auf und ab, als wolle er jedem seiner Worte mehr Gewicht verleihen und dabei selbst größer erscheinen.

„Dennoch kann ich aus den Ermittlungsergebnissen meiner Arbeitsgruppe für beide Männer ein mögliches Tatmotiv ableiten – zumindest aber ein reges Interesse am Tod von Sabine Neudahl."

Thomas Peters macht eine Pause und blickt über die Gläser seiner für den breiten Schädel viel zu kleinen Lesebrille in die Runde.

Dies dauert dem Chef der KTU offensichtlich zu lange, denn er rutscht auf seinem Sitzplatz unruhig hin und her und lässt ein unwirsches „Wir hören" verlauten.

In den folgenden Minuten erfahren die Mitglieder der SOKO „Empore", dass das Verhältnis der Eheleute Neudahl sehr angespannt gewesen ist.

Mehr noch – der Ehemann hat sogar schon die Vorbereitungen zu einer Scheidung ergriffen und dies gegen den Willen seiner Frau. Beides hat Friedrich Neudahl bei der Vernehmung eingeräumt.

Was Philipp Ackermann anbetrifft, so berichtet Kommissar Peters, dass nach den Recherchen im Lehrerkollegium alles auf ein länger andauerndes Verhältnis des Hausmeisters mit der Getöteten hinweist.

„Welchen Grund mag Philipp Ackermann wohl gehabt haben, als er in der ersten Befragung von einem ‚einmaligen Ausrutscher' am Elternsprechtag gesprochen hat?", fragt Peters am Ende seiner Ausführungen.

Ohne eine Antwort abzuwarten, erklärt er mit wichtiger Miene: „Er hat mehr Angst vor seiner Frau als vor uns. Die hätte ihn nämlich sofort verlassen, wenn er sie schon länger betrogen hätte."

„Das ist doch pure Spekulation!", mischt sich Oberkommissar Althaus wieder ein.

Schlagartig verwandelt sich die gerade noch demonstrierte Selbstüberzeugung des Vortragenden in Unsicherheit. Er streicht sich mit der Hand durch sein wirres Haar und stammelt: „Aber, aber ..."

Hauptkommissar Neumann übernimmt die Initiative.

„Sag uns bitte, Thomas, woraus du das schließt."

„Aus der Vernehmung von Frau Ackermann", erwidert der Aufgeforderte kleinlaut.

„Hat sie es geäußert?", bohrt der Chef weiter.

„Nein, aber man konnte es ihr anmerken."

„Ich sag 's doch – alles nur Spekulation!", triumphiert Althaus und haut dabei mit der flachen Hand auf den Besprechungstisch.

„Werde **ich** nun verhört?", beklagt sich Kommissar Peters und setzt sich hin, während ein Raunen durch die Reihe der versammelten SOKO-Mitglieder geht.

Der anschließende Vortrag des Leiters der Gruppe, die mit Ermittlungen im Lehrerkollegium und in der Schulverwaltung betraut ist, ergibt keine neuen verwertbaren Erkenntnisse.

Dass Michael Wagner ein von nahezu allen geschätzter Kollege ist, dem niemand die ihm zur Last gelegte Tat zutraut, wird zwar noch einmal erwähnt, reißt die Anwesenden aber nicht mehr vom Stuhl.

Doch gerade diese Einschätzung ist es, die Hauptkommissar Neumann umtreibt und daran hindert, den Fall als gelöst zu betrachten.

„Werde ich heute hier noch gebraucht?"

Doktor Jan Jansen wirft die Frage mit einem Unterton, der die Antwort schon vorwegnehmen will, in den Raum.

Der schlanke, hochgewachsene Gerichtsmediziner im dunkelblauen, sportlichen Outfit bemüht sich nicht, seine Ungeduld zu verbergen. Er gehört zu der Gattung von Ärzten, die immer in ihren weißen Kittel zu schlüpfen scheinen, wenn sie das Wort ergreifen.

„Ja – ich benötige noch Ihre fachmännische Auskunft zu einigen für mich wesentlichen Aspekten", erwidert der Hauptkommissar.

Doktor Jansen ist der einzige Teilnehmer der SOKO „Empore", der auf dem „Sie" in der Anrede beharrt.

„Am besten fange ich gleich damit an", fährt der Kriminalbeamte fort.

„Sie führen in ihrem Gutachten einen Sturz aus mindestens drei Meter Höhe als Ursache für die tödlichen Schädel- und Halswirbelverletzungen an .."

„Gibt es daran etwas zu bezweifeln?", unterbricht ihn der Mediziner und streicht über sein noch volles, kurzgeschnittenes Haar, das – wie die gepflegten Augenbrauen – tiefschwarz gefärbt ist.

„Aber nein, Herr Doktor Jansen. Ich frage mich nur, ob Sie außer dem nachgewiesenen Sperma und festgestellten Alkoholkonsum auch Spuren gefunden haben, die auf eine Auseinandersetzung oder sogar einen Kampf hinweisen."

„Hätte ich sie gefunden, wäre dies in meinem Bericht vermerkt."

„Also – bis auf den Sturz – keine weitere Gewalteinwirkung?", hakt der Hauptkommissar nach.

„Dieses zu folgern – oder auch nicht – ist **Ihre** Aufgabe, verehrter Herr Neumann. **Ich** habe lediglich keine Hinweise dafür finden können."

Jede der im Raum anwesenden Personen ordnet für sich die Reaktion des Gerichtsmediziners irgendwo auf der Skala von Ungeduld bis Arroganz ein.

Der SOKO-Chef macht dies auf seine eigene Art. „Um auf Ihre Frage zurückzukommen, verehrter Herr Jansen – ich brauche Sie heute hier nicht mehr."

Dass er die Anrede „Doktor" weglässt, ist dabei kein Zufall – sondern pure Absicht. Die beiden Männer sind sich seit ihrer ersten dienstlichen Begegnung vor knapp zwanzig Jahren nicht grün. Dies betrifft aber ausschließlich die persönliche Ebene, denn fachlich zollen sie sich gegenseitig Respekt.

„Gut – dann muss mein Tennispartner nicht länger auf mich warten."

Jan Jansen erhebt sich mit einem abfälligen Grinsen in Richtung Neumann von seinem Sitzplatz und schlendert lässig zur Tür. Dort dreht er sich noch einmal um und wirft ein „Viel Erfolg noch!" der versammelten Runde vor die Füße, bevor er den Besprechungsraum verlässt.

„Fünfzehn Minuten Pause!", verkündet Hauptkommissar Neumann und deutet mit einem Handzeichen seinem Kollegen Althaus an, noch zu bleiben, während alle anderen schon nach draußen eilen.

Er wartet bis sie schließlich zu zweit sind und setzt sich dann neben den Leiter der KTU.

„Harry, du weißt wie sehr ich deine Arbeit schätze. Aber trotz der Spurenlage, die eindeutig für eine Täterschaft Wagners spricht, habe ich ein ungutes Gefühl."

„In welcher Hinsicht, Johannes?", will der Angesprochene wissen.

„Ich kann einfach kein echtes Motiv bei ihm ausmachen. Zu allem, was ich mir da zusammenreimen kann, fallen mir sofort mehrere Personen ein, die eher einen Grund hätten, die Englischlehrerin loszuwerden."

„Und was ist mit seinem fehlenden Alibi?", wirft Harry Althaus ein.

Sein Gegenüber scheint ihm gar nicht zuzuhören.

„Irgendetwas haben wir übersehen, Harry. Ist es möglich, dass jemand anderes die Spuren geleg ..."

„Du meinst Hautschuppen und Haare Wagners auf Tisch, Stuhl und Opfer verteilt hat?", unterbricht Althaus den Hauptkommissar mit einem ungläubigen Unterton.

„Wenn Frau Holle das wochenlang nicht gewaschene Kopfkissen Wagners über den Tatort ausgeschüttelt hat – vielleicht."

„Harry, die Angelegenheit ist zu ernst, um sich darüber lustig zu machen. Ohne nun das „Woher" zu betrachten, will ich von dir wissen, ob im Prinzip das „Wie" zu bewerkstelligen ist."

Der Chef der KTU muss nicht lange überlegen.

„Ja – ich könnte dich mit den nach einem Frisörbesuch eingesammelten Haarwurzeln leicht zum Tatverdächtigen machen."

Er beschwört seine Worte, indem er beide erhobenen Hände mit ausgestreckten Zeigefingern vor und zurück bewegt.

„Aber, aber, aber – Johannes. Wer stößt erst sein Opfer von einer Empore, hat dann die Ruhe, dort oben die Spuren zu legen und rennt zu guter Letzt nach unten, um an der Leiche das Gleiche zu tun? Der Täter muss doch befürchten, dass jeden Moment jemand ins Lehrerzimmer kommt."

Hauptkommissar Neumann blickt auf die Wanduhr hinter ihm.

„Die Pause ist jetzt zu Ende. Lass uns die Angelegenheit später in Ruhe weiter besprechen, Harry.

Das ist nichts fürs Plenum. Komm doch bitte nach der Sitzung in mein Büro."

Schon strömen die Mitglieder der SOKO „Empore" in den Raum und nehmen ihre Plätze ein. Johannes Neumann ist Profi genug, um sich bis zum Ende der Sitzung um 16 Uhr nicht anmerken zu lassen, dass seine Gedanken nur noch um die eine Frage kreisen: *Ist Michael Wagner vielleicht doch unschuldig?*

Die Handtasche

„Nimm bitte Platz, Harry! Ich habe uns noch einen Kaffee machen lassen."

Mit einer Handbewegung deutet Hauptkommissar Neumann dem Kollegen an, sich auf den Stuhl vor seinem Schreibtisch zu setzen.

„Mir geht dein Satz von eben nicht aus dem Kopf", fährt er fort.

„Der wäre?", wirft Harry Althaus lächelnd ein. „Ich habe ja vieles gesagt."

„Dass der Täter befürchten musste, beim Legen falscher Spuren ertappt zu werden." Jede einzelne Falte auf Neumanns Stirn scheint die Bedeutung der Aussage unterstreichen zu wollen.

„Auch frage ich mich nun, wer überhaupt einen Grund haben könnte, Wagner zu schaden."

„Ja – und warum konnte mein Team keine Spuren eines oder einer unbekannten Dritten finden?", meint der KTU-Chef ergänzend.

„Außerdem ist es mir ein Rätsel, wer in der Lage gewesen sein soll, die ganze Angelegenheit von langer Hand zu planen."

Die Blicke der Kriminalbeamten treffen sich und lassen beide wechselseitig erleben, wie die anfängliche Ratlosigkeit des Gegenübers einem Ahnen – ja fast einer Gewissheit – weicht.

„Sabine Neudahl?", tönen gleichzeitig ihre Stimmen wie im Chor.

Die Männer scheinen über sich selbst erstaunt zu sein – fehlen ihnen doch für einige lange Sekunden die Worte.

„Ja – Sabine Neudahl!", beschwört Johannes Neumann als Erster seine Intuition und nickt dabei beharrlich mit Kopf, weil in den Augen seines Kollegen noch Restzweifel aufleuchten.

„Dann glaubst du also, dass die Englischlehrerin sich selbst von der Empore gestürzt hat?", vergewissert sich Harry Althaus.

„Glauben? Nein – aber ich **vermute**, dass sie Selbstmord begangen hat. Wenn ich die Aussagen zu ihrer Person Revue passieren lasse, scheint sie ja – um es mal vorsichtig auszudrücken – nicht gerade die Glücklichste gewesen zu sein."

„Aber wie soll denn die Neudahl an das genetische Material Wagners gekommen sein?", wendet der KTU-Chef ein.

„Die Herkunft ist zweitrangig. Wichtiger ist, **ob** sie es hatte und deshalb verteilen konnte." Johannes Neumann weist mit dem Zeigefinger auf sein Gegenüber.

„Und das herauszufinden ist nun dein Job, Harry."

„Aber wir haben doch schon alles untersucht", entgegnet der Angesprochene.

„Auch die Handtasche der Toten?", hakt Neumann nach.

„Auch die Handtasche."

„Auch deren Innenleben?"

„Ja – auch das Innenleben. Soll das nun ein Verhör sein?" Oberkommissar Althaus rutscht unwirsch auf seinem Stuhl hin und her.

„Ruhig Blut, altes Haus!", beschwichtigt ihn sein Kollege.

„Ich will doch nur, dass wir nichts übersehen. Also sag nun, Harry – hast du die Handtasche auf DNA-Spuren hin untersuchen lassen?"

„Nein – dafür gab es aber auch keinen Grund", entgegnet Althaus, sichtlich um Erklärung bemüht.

„Da war der übliche Frauenkram drin. Schminksachen, Parfum, Handspiegel, Taschentücher, Hustensaft, Pfefferminzbonbons und ..." seine Stimme stockt einen Moment. „Und ein leerer Briefumschlag."

Er weiß selbst um die Brisanz seiner letzten Worte und steht unvermittelt auf.

„Den werde ich so schnell wie möglich bis auf das letzte Molekül überprüfen lassen." Sagt es und eilt in Richtung Tür.

„Einen Augenblick!", ruft ihm Neumann hinterher. Der Kollege dreht sich – schon die Türklinke in der Hand haltend – noch einmal um.

„Harry, bitte nicht nur den Briefumschlag checken, sondern alles in der Handtasche! Vielleicht enthält die Hustensaftflasche ja den Alkohol, den der Gerichtsmediziner bei der Toten nachgewiesen hat."

Der Oberkommissar nickt kurz.

„Wird sofort erledigt. Der Rest kann allerdings etwas dauern. DNA-Analysen benötigen ihre Zeit. Tschüss bis dann, Johannes."

Ohne auf eine Reaktion seines Kollegen zu warten, verschwindet Harry Althaus hinter der Bürotür.

Jetzt könnte ich eine sechs Meter lange Zigarette gebrauchen, gesteht sich Hauptkommissar Neumann ein. Früher hat er in solchen Momenten immer eine geraucht.

Aber seitdem er dem Nikotin abgeschworen hat, kann er sich in wehmütiger Erinnerung nur noch des Konjunktivs bedienen.

Mit einem angedeuteten Kopfschütteln registriert er, dass Kollege Althaus und er ihre Kaffeetassen nicht einmal angerührt haben – so sehr sind sie im Gespräch vertieft gewesen.

Nachdenklich nippt er an seiner Tasse, ohne sich groß daran zu stören, dass ihr Inhalt mittlerweile Raumtemperatur angenommen hat.

Wenn Harry tatsächlich DNA-Spuren von Wagner in dem Umschlag findet, dann muss noch die Frage geklärt werden, wie sie da reingekommen sind.

Wieder sind die Falten auf seiner Stirn ein untrügliches Zeichen, dass hinter ihr ein Problem gewälzt wird.

Ich möchte so gerne einen Schlussstrich unter den Fall ziehen können.

„Hallo Chef, wollen Sie denn keinen Feierabend machen?"

Frau Westermann – die ebenso resolute wie korpulente Sekretärin aus dem Vorzimmer – steckt ihren Kopf durch die nur einen Spalt geöffnete Tür.

„Doch, doch – bin schon auf dem Sprung."

Johannes Neumann erhebt sich behäbig von seinem Schreibtischstuhl und schiebt die beiden Kaffeetassen etwas linkisch auf der Tischplatte hin und her.

„Ich mach das schon", kündigt Frau Westermann an und verlegt ihre imposante Erscheinung gänzlich ins Chefbüro.

Die Sechzigjährige gehört zum lebenden Inventar der Kriminalpolizeiinspektion – bekleidet sie doch schon seit ewigen Zeiten die Position der Vorzimmerdame der Dienststellenleitung.

Geschickt stellt sie mit einer Hand Tassen, Untertassen und Löffel zusammen und bugsiert alles – ebenfalls einhändig – in Richtung Tür.

„Eine Frage noch!", ruft der Hauptkommissar ihr hinterher.

„Ja?"

Die Angesprochene bleibt stehen und dreht sich zu ihrem Chef, der sie wie immer nur mit dem Nachnamen anspricht.

„Westermann, was würden Sie tun, um an für einen DNA-Test taugliches Material von mir zu kommen?"

Die Sekretärin setzt ein gespielt entrüstetes Gesicht auf.

„Aber Chef – wir sind doch beide verheiratet!" Dann muss sie lachen.

„Spaß beiseite!"

Sie hält die Hand mit dem Kaffeegeschirr hoch.

„Diese Tasse könnte vielleicht Speichelspuren von Ihnen aufweisen. Aber früher, als Sie noch geraucht haben, hätte ich die Kippen aus Ihrem Aschenbecher gefischt."

„Und heute?", will Johannes Neumann wissen.

Frau Westermann reagiert mit einer Gegenfrage.

„Haben Sie schon einmal Ihre Computertastatur gereinigt?" Ihr Chef schüttelt den Kopf.

„Das sollten Sie mal machen. Tastatur umdrehen und mit einem gelegentlichen Klopfen über einem weißen Blatt Papier ausschütteln. Sie werden sich wundern, was da alles ans Tageslicht kommt."

„Danke, Frau Holle – ich werde es ausprobieren."

Johannes Neumann lässt ein Lächeln über sein nachdenkliches Gesicht huschen.

„Tschüss und einen schönen Feierabend, Westermann."

Kaum ist seine Sekretärin hinter der Bürotür verschwunden, da hat er auch schon ein Blatt Papier aus dem Vorratsfach des Druckers entnommen, um anschließend seine Computertastatur der beschriebenen Prozedur zu unterziehen.

Wie eklig!, sagt er sich beim Anblick der Krümel, Schuppen, Haare und verdächtig nach Nasenpopeln aussehenden Kügelchen verschiedener Größe.

So könnte die Neudahl an Wagners Genmaterial gekommen sein.

Dieser Gedanke drängt sich in seinen Kopf, ohne dass er ihn dazu eingeladen hätte.

„Ich hab noch etwas vergessen, Chef." Frau Westermanns Kopf lugt hinter der geöffneten Tür hervor.

„Als Kollege Althaus bei Ihnen war, hat dieser Herr Neudahl angerufen. Er wollte sie dringend sprechen."

Der Hauptkommissar blickt interessiert von seinem Schüttelergebnis auf.

„Hat er auch gesagt warum?"

„Ja – er hätte im Auto seiner Frau ihr Tagebuch gefunden."

„Und weiter?", hakt Johannes Neumann sichtlich gespannt nach.

„Ich habe ihn auf morgen vertröstet", erklärt die Sekretärin lapidar.

„Ach Westermann!", klagt ihr Chef enttäuscht. Er könnte jetzt vor Neugier platzen.

„Er wird doch noch etwas gesagt haben."

„Nein – wirklich nicht, Chef. Aber er will Sie morgen nach der Mittagspause anrufen. Tschüss – ich bin jetzt weg."

Am nächsten Tag kann es Hauptkommissar Neumann kaum erwarten, bis die Wanduhr in seinem Büro das Ende der Mittagspause anzeigt.

Er selbst hat sich am Schreibtisch während der Durchsicht der Ermittlungsakten nur einen Müsliriegel gegönnt.

Dabei ist er mehrmals den Abschlussbericht des Gerichtsmediziners Jan Jansen durchgegangen und dann zu dem Schluss gekommen: **Alles darin** spricht *für den Tod durch einen Sturz von der Empore – aber* **nichts** *für seine gewaltsame Herbeiführung. Dies wird ausschließlich durch Wagners DNA-Test und die Spurenlage auf der Empore suggeriert.*

Genau in dem Moment, als das Telefon klingelt, schneit der Leiter der KTU Harry Althaus zur Tür herein.

„Neumann am Telefon. Sie wollten mich sprechen, Herr Neudahl?".

Mit dem auf die Lippen gelegten Zeigefinger und einer anschließenden Handbewegung signalisiert der Hauptkommissar seinem Kollegen, sich still zu verhalten und hinzusetzen.

„Das klingt höchst interessant", fährt er fort. „Sie haben doch sicher nichts dagegen, wenn ich den Lautsprecher einschalte, damit auch mein Kollege

Althaus von der kriminaltechnischen Untersuchung ihren Ausführungen folgen kann."

Er legt den Finger auf die Einschalttaste.

„Danke!"

Und schon ist die Stimme des Anrufers im Raum zu hören.

„Es war eigentlich der reine Zufall, dass mir das Tagebuch in die Hände gefallen ist. Vor dem Verkauf des Wagens meiner Frau habe ich aus dem Kofferraum den Verbandskasten geholt und mich gewundert, dass der nicht richtig verschlossen war."

„Und darin lag dann das Tagebuch?", vergewissert sich Hauptkommissar Neumann und fügt, ohne eine Antwort abzuwarten, hinzu: „Was daran ist so wichtig, dass Sie mich anrufen?"

Aus dem Lautsprecher ist ein mehrmaliges Räuspern zu vernehmen.

„Sind Sie noch da, Herr Neudahl?"

Wieder ein Räuspern und dann ein Rascheln.

„Ja, ja – ich bin noch da. Auf der letzten Seite hat meine Frau das Folgende notiert: *Morgen ist Elternsprechtag. Es wird mein letzter sein, denn ich werde es tun.* Dabei ist das Wort ‚es' rot unterstrichen. Das dürfte doch interessant für Sie sein, Herr Hauptkommissar."

„So ist es. Und weiter?"

Johannes Neumann hält kurz die Hand auf die Sprechmuschel und fragt seinen gespannt das Gespräch verfolgenden Kollegen: „Hast du schon ein Ergebnis mitgebracht, Harry?"

Während der Angesprochene eifrig mit dem Kopf nickt, seine Lippen lautlos das Wort „Umschlag" formen lässt und siegessicher den Daumen der zur

Faust geballten Hand nach oben streckt, schallt es aus dem Lautsprecher: „Was meinen Sie mit ‚weiter‘? Ich sprach doch von der **letzten** Seite!"

Neumann setzt ein säuerliches Gesicht auf.

„Ich möchte doch nur wissen, ob Sie noch weitere wichtige Stellen in dem Tagebuch entdeckt haben."

Der Mann am anderen Ende der Leitung scheint nicht weniger ungehalten als sein Gesprächspartner zu sein.

„Dass meine Frau womöglich ihren Suizid angekündigt hat, müsste Ihnen doch reichen. Ich betone es noch einmal – ich habe nur die **letzte** Seite gelesen. Ob Sie mit der darauf befindlichen Notiz *Mutmachersaft und Umschlag nicht vergessen!* etwas anfangen können, überlasse ich gerne Ihrer kriminalpolizeilichen Ermittlungsarbeit. Wann darf ich Ihnen das Tagebuch bringen?"

Am liebsten hätte der Hauptkommissar „Sofort!" geantwortet, aber stattdessen lässt er den Anrufer wissen: „Unsere Dienststelle ist ja rund um die Uhr besetzt. Kommen Sie irgendwann in den nächsten Tagen vorbei – wann immer Sie Zeit haben. Tschüss Herr Neudahl."

„Auf Wiedersehen", tönt es aus dem Lautsprecher.

Johannes Neumann schaltet ihn aus und legt das Telefon auf seine Basisstation.

„Das ist ja der Hammer!", bricht es aus KTU-Chef Althaus hervor. „Und wir haben in dem Briefumschlag tatsächlich Hautschuppen und ..."

„Ich habe es gewusst, Harry", unterbricht ihn sein Kollege. „Ich habe es immer gewusst!"

Weitere bei tredition von Hans-Werner Lücker
erschienene Bücher

Hans-Werner Lücker

Komm auf die Schaukel, Luise!

Geschichten aus dem Leben mit der allgegenwärtigen Physik

Hans-Werner Lücker

Das Verbrechen wohnt gleich nebenan

Mörderische Geschichten

Hans-Werner Lücker

Stand-by
Ein halbes Jahr
im Coronamodus

Gedichte, Zahlen, Gedanken & mehr

Zeitfracht Medien GmbH
Ferdinand-Jühlke-Straße 7
99095 Erfurt, Deutschland
produktsicherheit@kolibri360.de